Para Gladys
un gran aprecio,

Javi Zada

Junio 2009

El discurso del loco
Cuentos del Tarot
Carol Zardetto

Carol Zardetto

EL DISCURSO DEL LOCO
CUENTOS DEL TAROT

F&G editores

El discurso del loco
Cuentos del Tarot
Carol Zardetto

© Carol Zardetto
© Esta edición F&G Editores
Ilustración de portada: Pilar Roca Requena
(www.pilarroca.com)
Foto de la autora: Pepe Luarca Abdo

Impreso en Guatemala

F&G Editores
31 avenida "C" 5-54 zona 7,
Colonia Centro América
Guatemala
Telefax: (502) 2439 8358
informacion@fygeditores.com
www.fygeditores.com

ISBN: 978-99939-951-0-4

Guatemala, abril de 2009

La parte más luminosa de mi ser
Nunca ha dicho una palabra.

Rumi

I
EL MAGO

El señor de la Tierra Amarilla vagabundeaba más allá de las fronteras del mundo hasta que llegó a una altísima montaña, desde donde observó el ciclo de la constante repetición y allí perdió su perla mágica. Mandó a la sabiduría para que la buscara y no la recuperó; mandó a los mejores ojos, pero no la recuperó; mandó al pensamiento y no la recuperó; mandó al olvido de sí mismo y esta vez sí la recuperó.
Chuang Tsu

Marlene salió de la oficina cuando se precipitó la lluvia. A pesar de aún no ser las cinco, oscurecía. La atmósfera gris y opaca le trajo la sensación de estar atrapada. Respiró el aire frío intentando borrar la impresión y una vitrina le devolvió su imagen pálida y desgarbada. Allí estaba de nuevo esa mirada confusa.

Un pensamiento la laceró: Hiciste un buen trabajo: lograste convertirte en la persona más común que conozco. Nada en ti resplandece. La poderosa convicción de ser irrelevante, de no tener peso frente al mundo, de no existir casi, hizo que postergara otra vez ir hasta la calle 47.

Al llegar a su barrio, las aceras estaban lustrosas aunque había dejado de llover. Las luces, la música que con intermitencia salía de los autos, o de los bares, la gente presurosa que parecía tener adónde llegar y quien le esperara, anunciaban dolorosamente eso que siempre parecía eludirla: la vida.

Caminó maquinalmente hasta la tienda a comprar algo para la cena, aunque no le apretaba el hambre. ¿Cocinaría? Esta mañana se había prometido que sí: pondría la mesa, se serviría vegetales y carne, como toda la gente. Había pensado que también sería bueno comprar una botella de vino. Sacar del armario de su madre una hermosa copa de cristal. Servirse una copa, una sola. Sentirse humana. Sin embargo, no había nada qué celebrar.

Aún antes de entrar a la tienda supo que compraría, como siempre, cualquier cosa, bolsas de golosinas, algo enlatado o un emparedado frío empacado por la mañana. En un último momento de indecisión, hizo lo que se había prometido no hacer más: tomó la botella de aguardiente barato y la puso en su canasta. Todo sería más fácil así.

Al entrar al apartamento, situado convenientemente frente al río, dejó los paquetes en el suelo, mientras hurgaba en las bolsas de su saco por un fósforo. Encendió la veladora y de inmediato el retrato se alumbró. El rostro iluminado de su madre ocupó el recinto. No encendía la vela como un acto de reverencia. Era más bien una forma de exorcizar el miedo a esa mirada constante sobre su vida que no lograba apartar de sí, aún después de tantos años de muerta.

Mientras colocaba las cosas en la cocina, la recordó. Cuando era muy niña le repetía: De todas las cosas terribles en este mundo, y mira que hay muchas... la peor es el ridículo. Cuídate de él, pues su herida puede ser mortal.

Esas palabras que todavía escuchaba en su cabeza, con la misma voz carrasposa de su madre, la hicieron apresurar lo que había pensado dejar para más tarde. Abrió la botella de aguardiente y dio tres largos tragos que le quemaron la garganta. Con la boca ardiendo se quitó el saco, se colocó un delantal y encendió la radio para escuchar las noticias del día, mientras observaba con desgano los trastos sucios que se apilaban en el fregadero.

Horas más tarde, la botella de aguardiente estaba vacía y la comida no había sido tocada. Llorosa, Marlene terminaba de ver por enésima vez la vieja película. Dejó congelada la imagen final donde los enamorados se besan, para que reinara en el recinto. Como siempre, saboreaba la misma insatisfacción. Se sentía otra vez afuera de la vida, en medio de una burbuja sutil y silenciosa. La frustración la hizo arrojar un estúpido adorno contra la tele, afortunadamente sin consecuencias para el aparato. Se percató de que se sentía muy extraña, casi enferma, como si algo le fuera a explotar. Notó por primera vez que la botella de aguardiente que había tomado de la tienda no era la misma de todos los días. Las letras eran de un alfabeto extraño y por un momento se molestó: los baratos productos foráneos que empezaban a llenar las estanterías no dejaban de incomodarla.

Joder con la globalización, se dijo en forma socarrona desde su mente nublada y eso le dio risa. Se rió a carcajadas.

Lejos del sueño aniquilador que se le desataba al terminarse una botella, hoy estaba excitada. Frente al espejo vio su rostro ofuscado por el alcohol. Buscó en el cajón el pintalabios rosa. Se pintó. Su imagen mojigata respondió desde el espejo. Lanzó con furia el crayón contra la pared y éste rebotó al suelo. Hurgó más adentro, hasta encontrar un crayón rojo fuego. Lo puso sobre sus labios y la huella carmesí se adueñó de su rostro.

Tienes pinta de puta, se dijo riendo. Mírate esos labios gruesos, el pelo desteñido, las caderas anchas, el monumental trasero. Volvió a reírse a carcajadas mientras dejaba que ese pensamiento llenara su cuerpo. Subió sus cabellos, dejando al descubierto su cuello largo y diáfano. Se deshizo del tapado gris y de la blusa arrugada. Su cuerpo blanco se tornó azul de frío.

Bajó la valija refundida en la parte más alta

del armario; sacó la llave que guardaba en una cajita oculta entre las sábanas. Su madre le había entregado la maleta antes de morir, con la orden de llevarla sin abrir a una venta de ropa usada. Entrégala sin más, no cobres nada por ella, fueron sus órdenes terminantes.

Pero desde que ella había muerto, unas ganas incontenibles de desdecirla le carcomían el cerebro. Aún antes de salir para su entierro, buscó con afán la llave, abrió la maleta y encontró cosas insospechadas: un vestido negro de amplio escote, una falda que tallaba las caderas y luego caía suelta bajo las pantorrillas con una sinuosa caricia. Una blusa roja que dejaba desnudos los hombros.También había maquillajes, un chal bordado en hermosos colores, zapatos de tacón alto y, muy adentro, escondida en el forro, una fotografía: su madre bailando en los brazos de un desconocido. Te amo perdidamente, decía su letra alambicada. Huellas de otra vida, de otra mujer. Una vida recóndita de la cual ella no participó; una mujer llena de deseo que ella nunca conoció.

¿Qué había pasado? Su madre se había empeñado en entregarle la imagen gris de un ser que, día a día, extirpa los vestigios de vida que surgen a su alrededor. Meticulosa en la defensa de sus rutinas, miedosa, rígida. Alguna vez, alguien dejó entrever algo de aquel pasado misterioso: se había fugado con un famoso bailarín gitano. Con él había vivido errante, sin restricciones y sin ley. Pero pronto la abandonó por otra mujer.

Marlene sacó la fotografía de la maleta. Igual

que antes la película, esta imagen la dejaba afuera. ¿Sería este hombre su verdadero padre? Le habían dicho que había muerto en la guerra, pero... todo era tan sutilmente confuso que parecía una mentira. Colgó sobre su cabecera la fotografía.

Sacó el vestido negro y se lo puso. En el espejo vio la imagen de una extraña: una mujer que florecía. Por unos instantes, el pánico la envolvió, pues se percató que pisaba un terreno desconocido e incómodo. El territorio del deseo... hasta ahora, solamente había logrado atisbar con curiosidad por las rendijas por donde se colaba: en las imágenes de las películas o, cuando se atrevía, a través de las escenas que presenciaba hurgando por las ventanas de los bares, en la calle 47. Imágenes de la gente que, persiguiendo su elusiva huella, se encontraba con la vida.

Ella no tenía valor para eso. Era sólo una espectadora. La que siempre está al margen de la imagen. Los ojos que observan y que de una manera tangencial, sin corporeidad, viven la escena. Pero en noches como ésta, no era suficiente. Su existencia despertaba como un animal y exigía ser tomado en cuenta.

Encendió la radio. Intentó moverse frente al espejo. Imaginó que su ser cerrado se abría. Los pasos iniciales eran muy tímidos. Se quiso dar valor pensando que nadie podía verla, pero de todas maneras no podía bailar. De su cuerpo nació la rebeldía: movimientos grotescos y frenéticos. Perdió el equilibrio y cuando sus ojos pudieron reencontrar su imagen, se le antojó que se veía más ridícula que nunca. Con un hálito maloliente se dijo a sí misma: No vuelvas nunca a hacerme esto.

La frustración, acompañada de su borrachera, transformó su cuerpo en un pesado bloque de plomo. Cayó sobre la cama. Las lágrimas rodaron desde sus ojos cerrados hasta que todo se hizo perfectamente inmóvil. Envuelto en el vestido negro, petrificado, su cuerpo parecía un largo ataúd. *(Es entonces que la soñadora que habita el ataúd se levanta como una exhalación para divagar por el espacio)*. La música siguió sonando hasta que la madrugada entró por la ventana a hurgar el vacío.

Marlene despierta tarde. Tiene que vestirse a toda prisa, quitarse los restos de maquillaje. Al subirse al autobús, nota dos cosas: que tiene hambre y que el sueño que tuvo no se parece a ningún otro.

Las imágenes del sueño de anoche se entrecruzan con las insípidas visiones cotidianas del día que empieza. Ella se deja arrastrar por este estado de somnolencia. En la hendidura que parte la realidad en dos, se reproducen las imágenes de un día común, un día cualquiera. El realismo de cada detalle genera una atmósfera casi siniestra: el traje sastre demasiado estrecho que le sofoca el pecho, los zapatos altos que ella detesta. Al encender su ordenador, todo empieza a ir mal. Lejos de las conocidas operaciones para hacerlo funcionar, aparecen en la pantalla series interminables de caracteres extraños. El timbre suena en el autobús y la hace atisbar un instante por fuera del pozo del ensueño: varias personas bajan.

De nuevo cae: las series interminables de caracteres extraños se convierten en palabras en alfabetos desconocidos, alfabetos insólitos que terminan siendo bellos, con una belleza que hace desear comerlos, o que toquen la piel. Tienen textura, alucinantes formas, olores que atrapan su atención. Una señora gorda se sienta a su lado y tira de su conciencia semidormida.

Sus párpados pesados, se entrecierran otra vez. Espantada, apaga el ordenador, pues al igual que en la vida real, teme que la jueza Watts busque, como siempre, una excusa para llamarle la atención. Eso no es suficiente para detener el encantamiento. Un agujerito negro aparece en medio de sus ojos llamándola a pasar, una vez allí, se descubre suspendida en el espacio. Justo cuando se percata de que no tiene dónde pararse suspendida en aquel vacío, una alfombra de estrellas se extiende. Lleva puesto el vestido negro, va corriendo en busca de algo en medio de toda esa nada, mientras trata de no pisar ninguna estrella.

Piensa que todo está perdido, que no habrá ningún sitio a donde llegar. Justo entonces, en la parte baja de su espalda descubierta por el escote del vestido negro, siente el contacto de una mano de hombre. Todo su ser se borra. No existe ningún otro sitio en su cuerpo sino ese rincón de su espalda que arde. Un niño ha subido al autobús. Toca su espalda suplicando una limosna.

En la siguiente escena la mano es un brazo completo, que la atrae. Su boca se encuentra pegada a la línea de un cuello, mientras el calor de su aliento le recuerda algo entrañable. Quiere llorar desde un lugar recóndito y desconocido, lugar de antaño que estaba borrado. Poco a poco el sueño se va haciendo más y más lúcido. Huele su piel, ve con nitidez su mirada que la pierde. De nuevo el timbre. Esta vez no abrirá los ojos.

Ahora se mira desde afuera. Es aquella extraña que, a la distancia, baila con un hombre entre saxofones gimientes y bandoneones solitarios. Mira sus risas, siente el aroma que exhalan, arde en deseos de beber de esas copas de rubíes líquidos que danzan en el espacio. Viéndose así, todos sus sentidos se despiertan. Oye melodías extrañas y mágicas, que no sabe si vienen de afuera o de dentro de su corazón. La invade un gozo supremo y se siente por primera vez dichosa. Piensa que ha muerto, abandonando de una vez por todas la vida ordinaria. Algo en su sueño queda oculto y no lo puede recuperar. Lo cercenado, lo inconcluso, la impulsa a un esfuerzo descomunal. Ella se empeña en buscar y buscar eso que falta, hasta que finalmente, agotada, despierta.

Marlene se percató demasiado tarde de que estaba dos paradas más lejos de la habitual. Tocó el timbre, se bajó del autobús y corrió, pues ya eran más de las nueve.

En el trabajo, el tiempo no pasaba. Se dio cuenta que le era imposible estar allí sentada, haciendo cosas que no le interesaban. Cuando le fue insoportable, se levantó, tomó su bolso y salió sin avisar.

Al llegar a su apartamento, todavía se sentía bastante fuera de sí, como si la realidad no fuese algo inmediato, sino un conjunto caótico de cosas dispersas que ella se esforzaba en hilvanar. El esfuerzo la dejaba extenuada. Al ver la valija abierta en el piso tomó la decisión: hoy iría a la calle 47. Se vistió con esmero, pintó sus labios de rojo y salió.

La calle estaba empezando su nocturno hormigueo. Las parejas cenaban en los restaurantes aledaños a los bares y salones de baile. Las luces de la ciudad se encendían sobre el río. Parada frente a los locales, donde tantas veces había husmeado a la vida pasar, Marlene sintió que la determinación la abandonaba.

Caminó dos calles más abajo y en la oscuridad, se sentó frente al parque. Por largo rato caviló, mientras la humedad de la noche enfriaba la atmósfera. Desde la confusión de su mente, sentimientos encontrados hacían escuchar su voz. Harta, Marlene trató de aclarar su mente. Tenía dos opciones: regresar a su apartamento y no volver más por aquí (la imagen de sí misma encerrada en una cavidad de espejos que le devolvían centuplicada su propia imagen le dio náusea); o, encaminarse de nuevo a la calle 47 y, finalmente, entrar a uno de los locales. Aunque esta opción la llenaba de ansiedad, decidió atreverse.

Debido a que su impulso estaba tan mermado, pensó que lo mejor sería apostar por lo más arriesgado: el *Babylon*. De todos los locales era el que más mala fama tenía. Las fiestas que allí se armaban hacían eco en toda la ciudad. Ella había presenciado la cantidad de platos rotos que barrían los empleados por la mañana. Desenfreno, indecencia, perversión eran algunos de los epítetos que desataba.

Marlene llegó cuando el local ya estaba atiborrado. En las mesas más oscuras, las parejas se sobijeaban. Arriba de la pista había un escenario dorado, para la medianoche. Allí subirían las mejores parejas al concurso.

Se sentó en una de las pocas mesas vacías. Lejos de escoger la más apartada, como su inhibición le mandaba, pensó en desafiarla, sentándose en la única al borde de la pista.

Ordenó un vaso de aguardiente de anís y se embebió observando lo que acontecía a su alrededor.

—¿Puedo sentarme?

La pregunta la hizo sentir confusa. Era un hombre rubio.

—Creo que no... sería mejor que no.

—Vamos, nadie viene al *Babylon* a rumiar su soledad en una mesa. En este lugar se deja fluir la más maravillosa fuerza que existe: la atracción de los seres.

Se sentó y Marlene callaba.

—¿Nerviosa?, preguntó para romper el hielo.

–No. (Pausa). Lo que pasa es que... no lo conozco.

–Eso se puede arreglar, respondió él, sintiéndose ya totalmente cómodo.

–Todos me dicen El Mago, así que mi nombre no interesa. Soy camionero de la costa norte. Bajo cada semana. No falto nunca los viernes. ¿Te parece suficiente información? Esto último lo dijo con sorna, mientras procedía a sentarse.

Mientras hablaba, Marlene no dejaba de mirarlo con fascinación. Había algo en él que llamaba su atención, aunque no lograba adivinarlo.

–¿Por qué le dicen El Mago?

–¡Ah! Es divertido... según piensa la gente, puedo hacer bailar hasta una escoba. ¿Te gustaría bailar?

–No, realmente no, mintió.

–Pero mujer, ¿vienes al salón de baile más encendido de la ciudad y no quieres bailar?

–La verdad... no sé bailar.

–Todos sabemos bailar. La cuestión es olvidarte de ti misma, dejar que salga de dentro. ¿Vamos?

–Pues... es que... No me gustaría hacer el ridículo, ¿sabe? –Contestó con un tono de confidencia, buscando consideración de su parte.

El Mago no la tomó en serio. Por el contrario, se rió a carcajadas, de una forma casi incontrolable. Mientras lo hacía, Marlene se percató de algo fascinante. Este hombre se parecía mucho a ella: el rubio desteñido de su cabello, los labios gruesos, los ojos color ámbar. A pesar del parecido, El Mago era prácticamente lo opuesto, pues lo que en ella era simple y ordinario, en él era magnético y sensual.

—Así que no te gusta el ridículo... Hablaba con el rostro enrojecido y los ojos llorosos por la risa.

—No... ¿Debería gustarme?, lo dijo con absoluto asombro.

—Mira a esa mujer.

Se trataba de una mujer vieja, ataviada con un traje atrevido, a pesar de su cuerpo esquelético, muy maquillada a pesar del millón de arrugas, lo cual le daba una apariencia de títere de feria. Bailaba con abandono mientras las carnes sueltas de sus brazos temblaban.

—La gente esperaría verla tejer frente a la tele... Ella escoge hacer lo que le da la gana. La mujer exagerada y extraordinaria que la habita puede entonces encarnar. ¿Te das cuenta? ¿Ves aquélla chica con peluca pelirroja, largos aretes y pestañas postizas? Es un hombre. Escoge vivir sus ensueños. Algunos dirán que no solamente es ridículo, sino hasta patético. Y, más allá, ¿ves al tipo con el sombrero de bombín y el traje pasado de moda? Amiga, el ridículo es la más alta expresión de superioridad humana.

—¿De verdad crees eso?

—Pocos buscan adrede el maravilloso momento en que rompen con las expectativas del mundo y son, por fin, libres de la peor de las mentiras: su propia imagen.

—Suena extraño.

—Es simple y a la vez terriblemente complicado. Unes tu mente, tu pasión y, entonces, tu voluntad nace del bajo vientre: de las tripas y de los riñones y... actúas. Un ser misterioso y desconocido se revela, puedes transformar la realidad, materializar los más ocultos deseos.

Ella callaba sin saber qué decir.

—A ti lo que te falta es entrar en tus propios zapatos.

Marlene miró sus pies con curiosidad.

—Me refiero a que andas por allí flotando, sin decidirte. Para caminar en este mundo tienes que encarnar. Entrar a tus zapatos.

—No entiendo ni una palabra.

—Entenderás. Dos fuerzas te jalan, cada una por su cuenta: el deseo y el miedo. Ambas son pasiones impetuosas. Tu voluntad se tambalea, pero lucha por nacer, lo cual es una esperanza. Un largo silencio hizo que la conversación vacilara.

—Ven, vamos a bailar.

Se levantó de la mano de El Mago, trastrabillando. Tenía pánico. Su mente estaba en plena ebullición, tratando de entender sus extrañas palabras.

Ya en la pista, la energía poderosa de El Mago la tocó. Su cuerpo empezó a moverse. Al principio, tímidamente intentaba imitar los pasos de baile de los otros. Luego, como si fuese guiada a través de un mundo desconocido, el gozo dormido de su cuerpo empezó a despertar. Cuando estuvo totalmente despierto, descubrió un enorme secreto: la danza es un paréntesis. A través del cuerpo, oleadas de emoción atraviesan las carnes. Algo adentro responde con entusiasmo y caen las barreras, haciendo de cada uno un umbral por donde es posible pasar. Lo mejor es que no se necesitan palabras, sólo la música que guía a todos por senderos multiformes carentes de sentido, llenos de sentido. El mundo acude sin falta a la cita y cada uno danza con él.

Marlene veía los rostros transportados por el éxtasis.

Todos le parecían hermosos, como si la gracia les hubiera llovido. La experiencia humana completa, todo el dolor, toda la pasión, la ternura, los más angustiosos fracasos. Se celebraba el mero hecho de existir.

Blessings, blessings, cantaba la voz sensual de la negra al micrófono, desparramando la suavidad que insinuaba sobre la multitud que se movía, unida como un río.

Al llegar las doce, las luces se apagaron y el escenario se iluminó envolviéndolo todo con la luz de oro.

—¿Quieres subir?, preguntó El Mago.

—No… no podría.

—¿Lo deseas?

—¡Lo deseo tanto!, dijo ella con ganas abrasadoras, pero la duda empezaba a reptar por su cuerpo. Si no es ahora, entonces ¿cuándo?, resonó en sus oídos una voz interna.

Calló. Sabía que subir a ese escenario esa misma noche, sería la victoria completa sobre sus prohibiciones internas. Sus emociones más oscuras la atraparon. Un laberinto ancestral se le desató.

—Quizá otro día, musitó, queriendo salvarse,

mientras miraba a cualquier parte. Iba a dar las explicaciones del caso cuando se percató de que él ya no estaba.

—Y, ¿El Mago? ¿Han visto adónde ha ido?

—¿Qué Mago? ¿De qué hablas?

—El hombre rubio con quien estaba hace un rato... yo bailaba con él.

Quienes la oyeron, se desataron a reír.

—No lo dirás en serio... has estado bailando sola como una tonta toda la noche... dijo una chica alta y flaca.

—Estás loquita, preciosa, vete a tu casa a dormir la mona, gritó el tipo enano con el sombrero de bombín.

—Si quieres, yo puedo ser tu Mago, reina, añadió un hombre calvo mientras rozaba su trasero.

Enredada en una madeja de pensamientos confusos, los ojos de Marlene hurgaban con desesperación el recinto, hasta que pudo convencerse: él había desaparecido. Las parejas en el escenario empezaron a bailar y la multitud rompió en aplausos.

II
La Sacerdotisa

Destruid los libros, para que vues-
tros corazones no se rompan en pe-
dazos

Rosarium Philosophicum,
trabajo alquímico de 1550.

Siempre la veía de lejos en la iglesia. Danzaba elaborando intrincados arabescos con sus manos que parecían serpientes o enredaderas. Su grácil cuerpo recorría de un extremo al otro el salón y su largo cabello negro danzaba también, suspendido en el aire, como el rastro negro que deja un mar oscuro.

Era imposible no mirarla. Embrujaba con el lenguaje de su cuerpo. Con él como instrumento, decía cosas que yo entendía perfectamente, pero que nunca podría repetir. Quizá si conociera el lenguaje del espacio, la gramática del tiempo, las palabras que conjuran el hechizo que convierte al danzante en danza. Verla me llevaba al punto extático en que era posible ver cómo se desfiguraban los límites de los conceptos y me adentraba en los caminos de la magia. Y, también a la dolorosa realización de que no existen palabras para decir estas cosas, yo que amaba tanto a las palabras.

Mi fascinación por ella crecía día con día, y aunque nunca me atrevía a hablarle cada domingo se renovaba el encanto de irla a buscar y dejarme conmover a distancia por su presencia.

Para la celebración de Pentecostés, después de que la iglesia se había incendiado con los fuegos de la alabanza, busqué la manera de sentarme a su lado. Las lágrimas inundaban sus ojos. Me atreví a romper el aura intocable que la rodeaba para preguntarle qué le pasaba. Su marido estaba preso. Yo era abogado. A ella, no le cupo duda que un divino designio me había ayudado a encontrarla.

Se llamaba Celeste. A partir de aquel día, visitaba mi oficina con frecuencia. Fuera de contexto, su figura parecía extravagante, casi cómica. Llegaba vestida de las formas más imaginativas y extrañas que a cualquiera se le hubieran ocurrido. Las nada tradicionales combinaciones de colores y diseños; vestidos y faldas de formas exóticas, obviamente improvisados con humildes retazos de tela, cortinas o sábanas; llamativos tocados en su hermoso cabello negro, donde anidaban caprichosamente, enormes moñas de estridentes colores, collares enredados en infinitas trenzas, flores, frutas, e inclusive, algún pajarillo de juguete o alguna otra bagatela. Con el tiempo comprendí que esta reina de Saba, tenía que soportar una miseria que resultaría humillante para muchos, pero no para ella, razón que esclarecía el uso de lo que tenía a mano para fabricarse una indumentaria que respondiera a la imagen que ella tenía de sí misma. Una mujer de alto linaje.

Mas no era sólo su indumentaria. Cada una de sus inusuales actitudes, estaban siempre fuera de tono. A veces, en mi despacho, mientras le explicaba algún vericueto jurídico, se arrellanaba en un sillón y se quedaba dormida como una gata disfrutando de sus privilegios domésticos. Otras, la encontré haciendo algún ejercicio espiritual en una extraña pose, o sumergida en profunda meditación con la lengua enredada en cánticos ininteligibles (lenguas angélicas, según decía), mientras me esperaba.

Nuestras conversaciones eran también estrafalarias. Celeste temía los barrancos, pues en todo abismo habitaban demonios que oscurecen el destino. Siempre llega el día en que debemos bajar y verlos, sentenciaba, y luego añadía cautelosa, pero no se debe olvidar que son adversarios terribles.

Guardaba sus cosas preciosas en vasijas cubiertas que estaban en su mente para que Dios las protegiera de los días malos. A veces, mientras le hablaba, me interrumpía, cerraba los ojos y, ante mi impaciencia, me explicaba que había colocado mis palabras en uno de esos etéreos recipientes.

Dios le hablaba al oído y ella era su profeta. Esperaba con ilusión el día en que pudiera tener su propia escuela para enseñar a los escogidos el peculiar arte de profetizar. Tenía pensado el nombre y solía contarme principios y enseñanzas que trasladaría a sus futuros discípulos. De igual manera, estaban calculados todos los detalles de la arquitectura, cuidadosamente establecidos con base en el original diseño del propio templo de Salomón. Dos enormes pilares sostendrían la fachada, grabados con los místicos nombres: Boaz y Jaquím, tal y como lo había mandado el propio Jehová.

Celeste decía que si uno padece de las articulaciones es por ser retraído; si de diabetes porque le hace falta a uno dulzura. La rigidez de carácter da estreñimiento y el temor ocasiona las alergias.

No le gustaba mi biblioteca. Tienes demasiados libros. Tu cabeza está llena de palabras. Piensas demasiado. Eran las diversas formas en que articulaba sus advertencias contra la tiranía del lenguaje, mientras sobaba con delicadeza los lomos de mis hermosos libros. En vano intenté leerle un trozo de Séneca, o algún viejo poema de Rumi, pues ella creía con vehemencia que las palabras escritas marchitan el corazón. La palabra mata y el espíritu vivifica, me repetía con enervante insistencia.

Yo la veneraba, desde el primer instante en que mis ojos la vieron. Sus disparatados conceptos que en alguien más hubiera desechado, eran a mis oídos palabras de sabiduría que podrían haber salido de los labios de la Beatriz que Dante idolatraba, alucinada con las eternas esferas celestiales.

Después de una visita al juzgado, a donde insistí en que me acompañara a pesar de que era innecesario, la convencí para que fuésemos a almorzar. Ella me repetía con frecuencia, que *ya no pertenecía al mundo*.

Nuestra conversación alcanzó un momento de intimidad y ella, sin recato alguno, me mostró que guardaba entre sus senos saquitos con canela y especies. Igual que Betzabé, musitó a manera de explicación. Luego añadió que se daba cuenta de cómo yo la miraba. A pesar de la futilidad de su intento, insistió en convencerme de que no era culpa mía, pues un espíritu de seducción la tenía poseída hacía tiempo y eso la hacía irresistible, aun contra su voluntad.

Quise llevarla a mi casa, superar la difícil distancia física que existía entre los dos. Romper su coraza. Besarla en plena boca. No aceptó. Con sencillez me dijo, como si se tratara de la cosa más común: No puedo acompañarte, estoy consagrada.

Como un necio me ofrecí a llevarla de vuelta a la iglesia, prometí no insistir, dejarla en la puerta. Pero, al despedirnos, con toda rudeza forcé mi boca sobre la suya. Aunque sus labios no dejaban por la inercia de ser apetecibles, su resistencia aniquiló mi impulso. No te culpes, dijo con severidad cuando me aparté con vergüenza, vives en medio de una ilusión.

Su rechazo me lanzó en una espiral obsesiva.

No pensaba más que en ella, en el cercano olor de su cuerpo, en sus labios quietos. Estas impresiones en mi conciencia incendiaban algo desconocido. Oscilaba entre la paz que me daba su cercanía, cuando se abrían dentro insospechados caminos que recorría de su mano, para luego caer en la consecuente angustia que me provocaba su lejanía y que fuera ciertamente inalcanzable de la manera que yo la deseaba.

A mis constantes reclamos ella contestaba con crueldad: Tú mismo te alucinas con tus falsas ideas, de tal modo que no ves lo que verías si las hubieras desechado.

Mis complicaciones sentimentales con Celeste no impedían que siguiera desempeñando mi labor de liberar a su marido de la cárcel, lo cual no era fácil. Se trataba de un estafador reincidente y un sujeto oscuro, por cualquier lado que se le quisiera ver. Aparte, Celeste intervenía constantemente en mis actuaciones. Sus razones eran muy confusas: me pedía esperar en lugar de cumplir con un término legal, pues ella *sabía* que no era el momento adecuado; me exigía que presentara peticiones insólitas, imposibles de fundamentar con base en las leyes terrenas, pero que provenían de su *voz interior*. Ignorante de estas verdades, el juez del proceso me apercibía y amonestaba por mi aparente desidia y estrafalaria defensa. Cuando le comentaba mis preocupaciones, ella acostumbraba reír y me aconsejaba: Vamos, no te asustes. Déjate llevar por la sabiduría del útero.

Su sabiduría de fémina tuvo éxito. Contrario

a lo que me esperaba, el estafador salió libre. Después de recogerlo en el presidio, ella se apareció en mi oficina. Me informó que había recibido la orden por la voz de un ángel: debía llevar al ex convicto en un viaje al mar, lejos de sus demonios de montaña, lo cual era comprensible, pues la ciudad de Santiago se encuentra en medio de la sierra. Con la secreta esperanza de que el encuentro terminara mal, no tuve objeción en entregarle un cheque para costear los gastos.

El silencio sepulcral y la ausencia de Celeste, pesada como una roca, se instalaron en mi despacho. El correo me trajo un caracol marino sin ningún otro mensaje. Yo decidí interpretar este signo a mi favor: ella me amaba. Me dieron ganas de llorar, cuestión que me tomó francamente por sorpresa. Tenía siglos viviendo una sequía emocional donde las lágrimas eran seres imaginarios. Esa tarde, lloré con humildad, sin ningún pudor o jactancia. Lloré como niño. En medio de los muros desmoronados que me habían resguardado, sabía que ya nunca sería el mismo, y eso me llenaba de terror. Llegada la noche, cuando había vaciado un mar de lágrimas, pude al fin sentir mi corazón. A pesar de mi rigidez, no obstante mi legalismo, sin considerar mi religiosidad, nunca fui tan ingenuamente dichoso.

Esperé su regreso con desesperación. Como un loco me abrí a la posibilidad de poseer para siempre a Celeste. Mi mente elaboraba a todas horas, en frenética lucha, una inmensa gama de planes, complicados y sencillos, para mantenerla a mi lado.

Inesperadamente, como era su estilo, un día apareció. Su atuendo era francamente exagerado. Dos medias lunas de metal plateado coronaban su cabello y una larga túnica color índigo la cubría. Su cabello suelto le daba un aire muy serio, casi sacerdotal. Como un gesto contrario, de sencillez o ternura, estaba descalza.

—Vengo a decirte adiós, dijo sin ninguna explicación.

—¿Cómo?, pregunté sin poder dar crédito a mis oídos, creí que...

Inició un largo discurso contándome los mil enredos en los que andaba su marido. Habían decidido irse lejos. Quizá a Australia.

—¿...A Australia?, pero ¡es una locura! ¿De dónde sacarán dinero...? No me digas que te caerá del cielo, o que lo sacarás de una de tus preciosas vasijas, quise ofenderla con amargo resentimiento.

Eludió la respuesta, comentando ligeramente que su marido tenía negocios importantes, cosas que finalmente habían resultado bien para los dos.

—Pero, tu marido es un delincuente, ¿no te das cuenta?

Sonrió como si estuviera de vuelta de un mundo extraterrestre.

—Tú vives en un mundo donde las cosas son blancas o negras. Sientes que puedes juzgar conforme reglas rígidas e inflexibles. Para mí eso no tiene sentido... Aunque te cueste comprenderlo, santos y delincuentes son en el fondo lo mismo. Todo es cuestión de qué disfraz usa cada uno.

Cerca de la ventana, parecía hablar consigo misma.

—Celeste, yo te amo, repliqué con desesperación queriendo abrazarla. Se alejó y el tono glacial de su voz me atravesó.

—No llegué a tu vida para ser tu amante, quizá hubiera podido ser... tu madre.

Nos miramos en silencio mientras yo me comía sus palabras con rabia. Supe que acto seguido partiría sin que yo pudiera evitarlo, así que opté por abrir la puerta, cosa ajena a mi naturaleza. Dejar que las cosas sucedieran, sin evitar el derrumbe, era una lección que Celeste me había enseñado. Salió sin más condescendencias y ya desde el corredor, giró y me dijo sonriente:

Destruye los libros... te tienen destrozado el corazón.

III
La Emperatriz

La Diosa se incendia con el fuego de la vida; la tierra, el sistema solar, las galaxias del espacio expandido, el todo, hincha su vientre. Pues ella es la creadora del mundo, siempre madre, siempre virgen. La que abraza al abrazo, nutre al nutrimento y es la vida de todo lo vivo; también la muerte de todo lo que muere.

Libros tántricos
medievales de la India

Porque soy la primera y la última. Soy la honrada y la desdeñada. Soy la ramera y la sagrada. Soy la esposa y la virgen. Soy la madre y la hija. Soy las extremidades de mi madre. Soy la estéril y la que tuve muchos hijos. Soy aquélla cuya boda es grandiosa, pero

Hoy es el cumpleaños de Emperatriz. La veo desde la ventana, sentada a medio patio bajo un árbol de nazarenos florecido. Está rodeada de una corte de patos, gallinas y conejos. Luego llegan los niños, quince nietos que llenan de bulla. Parece una reina, con su piel negra, su vestido de un rosado fuerte y ese cuerpo vasto de vientre hinchado, que ocupa los dos espacios del sillón salido de los restos de una vieja camioneta.

Antes de que naciera pensé en ella como una mujer que viviría en la abundancia. En sueños la veía rica, rodeada de comodidades y halagos. Yo era un simple pescador anzuelero, pero sin pena de parecer pretencioso, le dije a su madre, será una niña y deberá llamarse Emperatriz.

La voz de la negra entona uno de esos cantos ancestrales que acunan a los hijos cuando nacen y a los muertos en los ritos funerarios cuando la tierra, que es la otra madre, abre su enorme boca para recibirlos. Son los cantos de la vida en su inacabable ir y venir. Al escuchar su voz, mi corazón despierta. Los lazos que me mantienen vivo están allí. También los que me llaman a la tumba. Soy un hombre simple y todavía me sorprende ser parte del universo que existe.

Mi padre nunca quiso que yo fuera pescador. Un día le entregó al viejo Salvador sus redes, sus anzuelos. Los había vendido. Para mí, su hijo mayor, fue una bofetada. No dije nada, pero él sintió mi resentimiento. Si querés ser pescador, hacelo por tu propia cuenta, no con mis cosas. Es una maldición que te mantendrá en la pobreza y ¿todo para qué? ¿Para que un día el mar se trague tus huesos?

Entonces yo sólo tenía dieciséis años. Mi madre lo miró con desprecio: No todos tenían que salir como vos querés, le reclamó. De todos modos, yo sabía a ciencia cierta que un pescador anzuelero nace y a mí me había tocado. Así me ganaría la vida y no lo dudé: iba a agarrarle amor a mi destino, aun sin su bendición. A falta de un padre que guiara mi aprendizaje, lo hizo mi amigo el comisario. Era un maestro. Pensé que todo el que anduviera con un maestro se tendría que convertir, a su vez, en uno.

Con las primeras salidas me di cuenta de lo difícil que es la vida que había escogido. El mar es un gran adversario. Allí persiste el miedo, una porción de miedo. Uno no tiene pies en el mar. Cuántas veces pensé en lo que había dicho mi padre: allí dejaría mis huesos. Siempre me encomendaba al espíritu de los pescadores que han muerto. Mis ancestros. Nunca me dejaron solo, nunca me sentí a la deriva.

Uno se enamora de la pesca, pues en el mar

uno es libre. Los jefes son humanos: tienen hambre, mujer... pero ahí están gritándole a sus mozos, como si no fuesen semejantes. En el mar no hay nada de eso. Allí un hombre, aun siendo pobre, es siempre un hombre, librado a sus propias fuerzas, sin que nada lo disminuya.

Al principio, nunca regresaba sin mi buen poco de sierras, picudas, jurelitos. Nada para hacerme rico, pero suficiente para comer. La suerte la distribuye el Todopoderoso, si nos diera todo lo que queremos pronto el mar quedaría vacío. Yo amaba a los peces. Me gustaba pensar que sólo mataba los que necesitaba para mantenerme vivo. ¿Para qué pedir más?

Las cosas iban bien y estaba listo para tomar mujer. Había de sobra casaderas en el pueblo, pero cuando la viuda de Jacinto se me acercó, de luto y embarazada, mi cuerpo dio un brinco. Agarró, sin preguntar, pescado de mi cayuco con su barriga al aire y el pelo despavorido, como un enjambre de abejas. Todos la veían fea. Quizá porque la muerte y el fracaso se le habían prendido encima y a ninguno le gusta ver esos rostros de cerca.

Me lo advirtieron: el roce de su mano me traería mala racha. Yo era demasiado joven para que eso me importara. Desafiar al destino de la mano de esta mujer desgarbada me pareció digno de mis fuerzas.

La buscaba como perro hambriento. Me abría su casa, cerrada para todos por el luto. Entre sus piernas, todo desaparecía. Era como estar muerto, o más bien, como estar vivo, enterrado en su cuerpo.

Pagaba caro ese gusto. La mala suerte se me había pegado. Salía al mar y como que yo no estaba allí. Las mujeres le hicieron las curaciones con hierbas a mi cayuco, a mis anzuelos. También a mí me *desahumaron*, pero no cambió nada. Don Salvador me aconsejó como un padre: Dejá de llegar a casa de la viuda como un ladrón, la estás convirtiendo en una ramera. Le obedecí y me casé con ella, pensando que eso arreglaría las cosas, pero no fue así.

La casa se llenó de miseria. Ella me lo reprochaba a cada rato con su lengua amarga: Mejor cruzá la frontera y cambiá de oficio. Me ponía la cabeza como hormiguero. Pero no había por qué echarle la culpa. No podía olvidar que fui yo quien había desobedecido a mi padre y esa era la mala raíz debajo de todo este asunto.

Un dos de noviembre, nunca olvidaría la fecha, la casa amaneció sin nada. Mi mujer estaba para reventar. Antes de que amaneciera, me levanté sin hacer ruido para no despertarla. Recé y salí a buscar la carnada. Era la última oportunidad que daba a la pesca. Si hoy no cambiaban las cosas, vendería el cayuco y así lo juré.

Regresé al punto donde empecé mis primeras faenas, así como me enseñó mi maestro, y a él nuestros ancestros que nunca usaron brújula para encontrar un punto en el mar. Me encontré allí con cuatro pescadores que estaban fondeados. No habían pescado nada. De pronto, cuando menos me lo esperaba, *abolló* un sábalo, luego una sierra. Antes de media mañana tenía lleno mi cayuco, como si fuera cosa de magia. Era un milagro, una señal de que todo había cambiado para mí.

–Compañeros, dije satisfecho, yo ya estoy bien y me voy.

–Púchica vos Julián, sí que sos pura mierda. Estás viendo que no sacamos nada y vos contento. Echá tu anzuelo otra vez y lo que saqués lo llevamos nosotros para compartir. ¿Cómo te vas a ir con esa suerte?

Yo estaba sin ganas, pues me sentía cansado y la tierra me llamaba. Sin embargo, me quedé. De pronto picó; me di cuenta de inmediato de que se trataba de un gran pez.

–El pez siempre pelea por su vida, pensé, si no se zafa del anzuelo, a él le tocará perder. Se fue a trabar en la cuerda del ancla del otro pescador y yo jalando.

–Soltale flojo, me dijo, para que yo pueda liberar tu cuerda.

Seguí batallando con él por casi una hora. Me paraba, me sentaba, me volvía a parar, con las manos ya deshechas por el cordel. Al fin de cuentas *abolló*: venía de cola.

–¡Dios mío! No sé qué es, pero me hizo un gran remolino. ¡Dios mío! Esto es un pez grandísimo.

–No va a caber ni en tu cayuco ni en el mío, dijo Tomás, jalalo para que *abolle* cerca del mío, añadió.

El pez *abolló* mostrando su lomo verde esmeralda. Tenía como dos metros de largo.

–¡Clavalo pues con tu arpón!, grité medio atontado y temeroso.

–¡No vos! Estás loco. Va a reventar tu anzuelo y se va a llevar mi arpón. Es una gran bestia.

Con los gritos, Oswaldo, otro pescador que se encontraba más distante, remó para acercarse.

–Vos, Julián, ¿qué tenés capturado allí? El pez se había vuelto a sumergir.

–No sé, dije sudando, parece un pez muy grande.

–Yo sí me voy a dar el gusto de clavarle mi arpón. Hacelo *abollar*.

El pez salió de nuevo mostrando sus hermosas manchas negras. Oswaldo lo arponeó y el animal se fue de nuevo al fondo con las dos cuerdas. Pasé mi arpón a Tomás, para que si volvía a salir lo arponeara, entonces seríamos tres hombres peleando contra su fuerza. Luchamos cerca de dos horas, hasta que el pez se cansó y entregó su vida, lo cual no dejó de ser triste.

Cuando salió a la superficie nos dimos cuenta de que no cabría en ninguno de los cayucos. Era una guasa inmensa. Calculamos que pesaba cerca de media tonelada. Un barco de arrastre se nos acercó, por la curiosidad de saber qué habíamos pescado. Al ver el tamaño de la guasa, los marineros se ofrecieron a llevarla con la red hasta la orilla.

Llegamos de noche. Muchos nos esperaban como esperan siempre a los pescadores que no regresan pasada la media tarde, silenciosos y con miedo. Estaba con ellos don Salvador, el pescador más viejo y respetado.

–¿Quién pescó la guasa?, preguntó.

–Fue entre todos, dijo Tomás, nos la vamos a repartir.

–Bien sabés Tomás lo que estoy preguntando, le dijo con tono de reprimenda. –¿A quién le picó la guasa?

–A mí, don Salvador, contesté con orgullo.

–Fue a causa de la niña, me respondió. Nació hoy, después del mediodía. La niña está bien, pero tu mujer es ya difunta. Luego el viejo añadió: La niña llevó a su madre a la tumba. A cambio trajo la bendición para tu destino: un gran pez. Vos sabrás qué significa eso.

El miedo me sacudió los huesos. Un golpe parecía haberme atontado. Los oídos me zumbaban. No quería saber nada de la terrible niña capaz de mover los hilos de la muerte y al mismo tiempo, como hija de santero, sacar tesoros del mar. El pequeño bulto reposaba en los brazos de su abuela. La odié por haberme robado a su madre, esa mujer amarga que me pertenecía. Me di la vuelta sin intención de regresar.

De Puerto Barrios salí en un barco carguero, donde los hombres vivían como en una gran prisión. Fueron diez años. Despacio, todo se volvió una mancha borrosa. No sentía el peso de mi cuerpo, no tenía un lugar en el mundo. Me había olvidado de mí.

La malaria me salvó de esa mancha oscura. La Compañía me dejó de vuelta en Puerto Barrios, temblando de frío y con un puñado de dólares. Usé los dólares para emborracharme y el frío para meterme en la cama de las mujeres de la vida en los burdeles más desgraciados. Se acabó el dinero y terminé dueño sólo del frío, tirado en la calle.

Estaba muy borracho cuando apareció entre la bruma que bajaba a mi cabeza con el calor de mediodía. Era alta y delgada, con los ojos muy abiertos y el pelo indomable de su madre. Aunque nunca la había visto, la reconocí de inmediato.

–Soy Emperatriz. Vine para llevarte a casa.

–No tengo casa, respondí.

Sin importarle mi grosería, me ayudó a levantarme. Me subió al pequeño barco de transporte que nos llevaría a Livingston, donde nací.

La niña me cuidó y protegió como mi primera madre. Yo salía a pescar y regresaba para tirarme en la hamaca como un cuerpo vacío. Ella cocinaba, limpiaba. Trataba de alegrarme, como una pequeña hermana. Llevaba el pescado al mercado, hacía pan de coco para vender por las tardes, junto a las otras mujeres.

Cada poco, la insatisfacción me carcomía. Tragaba botella tras botella de aguardiente. Entonces la insultaba: Andate, no sos mi hija, no sos nadie. Su mirada me asustaba. Era antigua, como la de una vieja, inmensa como el mar. En el espejo de esa mirada, mis amarguras parecían infantiles y sentimentales. La vergüenza me caía encima como un fardo.

El tiempo me hizo abrirme a su presencia misteriosa. Me explicaba sin palabras la naturaleza de las cosas, tan alejada del bien o del mal que los hombres conocemos. La frágil niña y su corazón abierto me parecían lo único que podía llegar a conocer que valiera la pena el esfuerzo; me convertí en un hombre empeñado en llegar al conocimiento. Cada día pescaba más. La casa se llenó de abundancia. La niña y yo la reparamos, compramos animalitos de todas clases, empezamos a saber que vivir alejados de la lucha agobiante por la existencia es posible.

Cuando Emperatriz cumplió quince años se había convertido en la más bella mujer que yo había visto, la respuesta a todo deseo, el cumplimiento de toda promesa de dicha. Ella era la madre, la hermana, la novia. Al verla, yo sabía que era la encarnación de todo aquello por lo cual batalla el hombre allá afuera, en el mundo.

Me acerqué para tomarla por mujer y ella confesó que desde hacía tiempo me esperaba. Comprendí que todo lo que alguna vez soñé que podría darme felicidad, era sólo un aviso de su existencia. La consoladora, la que alimenta, la buena madre que conocí o imaginé en un pasado casi olvidado y, también, la muerte implacable que me espera. Todo parecía haber estado dormido dentro de la niña, como en la oscuridad profunda del mar.

Soy un viejo a quien los huesos se le están deshaciendo. Como un niño, veo con humildad a la mujer que me abrió los ojos al mundo. A pesar de todo mi empeño, apenas he aprendido a ver un asomo de su abundancia.

IV
EL EMPERADOR

Aún no había sol, pero Vucub-Ca-
quix, ser orgulloso, decía "Yo soy el sol,
soy la claridad, la luna."

Vacub Caquix no era el sol, sólo se
vanagloriaba de sus plumas y rique-
zas. Pero su vista alcanzaba solamente
al horizonte.

Como aún no se había manifestado
la claridad, él se envanecía como si
fuere el sol o la luna.

Su única ambición era dominar.

Popol Vuh

¿Es un imperio esa luz que se
                              /apaga,
o es una luciérnaga?

Jorge Luis Borges

Era el tiempo de los Estados Guerreros. En esos tiempos violentos, hombres como el joven Zichen se convertían en rehenes para negociar los resultados de la guerra. Había sido entregado al reino de Zhao por los comandantes de su reino, el reino de Qin.

Lu Buwei, rico mercader, era un hombre influyente: el dinero de los mercaderes sostenía las guerras. Poseía gran ambición lo cual le permitió ver en Zichen una oportunidad, a pesar de su triste condición de "prenda humana". Las confabulaciones del comerciante lograron convertirlo en príncipe heredero del reino de Qin, sucesor de su padre. Con ello, aseguró su libertad. Cuando el joven estuvo libre, Lu Buwei terminó de armar su sagaz estrategia: le entregó a su concubina favorita. Muchos dijeron que cuando llegó a su lecho ya iba preñada. El niño que nació, se convertiría en el primer emperador de la China.

Mientras el niño crece, se desata la rapiña. Acicateados por la ambición o por el temor, los señores feudales que gobernaban con entera independencia, dan rienda suelta a los corceles de la guerra.

Los generales asaltan las ciudades: en Juanyi mueren treinta mil personas, en el reino de Han caen trece ciudades. Durante el décimo mes, las langostas vuelan desde el Este. La plaga oscurece el cielo, lo cual se considera un pésimo augurio. El país permanece devastado por la pestilencia. El hambre fustiga. Se anuncia a la gente común que se otorgará un grado de título de nobleza por cada mil danes de grano que entreguen al estado.

Se recupera la calma y los generales vuelven a la carga: veinte ciudades caen para establecer la Prefectura del Este. Antes de que termine la primavera, otro augurio se cierne sobre el reino: un cometa se observa en el Oeste. El aviso confirmó ser advertencia, pues el general Meng murió en el campo de batalla.

Pasado el duelo, el ejército de Qin ataca Jixian. Un eclipse oscurece el sol por varias horas. Muere la reina madre Xia. El general Jin ataca Zhao. Allí se alza una revuelta contra el rey, quien ajeno a las hazañas o a las tragedias que se protagonizan en su nombre, juega a cazar saltamontes en los prados.

Los años pasan y el día de Jiyou, en el cuarto mes, se realiza la ceremonia de coronación para el rey de Qin, quien ya puede portar una espada. La corona es pesada y también la espada. Sin embargo el joven está preparado: puesto en la encrucijada, responderá con real autoridad.

La oportunidad llega pronto: la primera intriga palaciega involucra a su propia madre, reina viuda. Tiene un amor secreto y dos hijos ocultos. Podrían reclamar el trono y el rey no dubita: ordena asesinar a los niños y exilia a su madre. Con el amante no tendrá tanta misericordia: su cuerpo es desgarrado por cinco carros.

Lu Buwei, ahora primer ministro, es despojado de su cargo por estar involucrado en la intriga palaciega. Se realiza una búsqueda a gran escala y se ordena abandonar Qin a los oficiales de otros reinos. Temiendo la persecución del rey, Lu Buwei ingiere veneno y muere. El rey convierte a sus parientes en esclavos.

El enorme ejército de Qin ataca los cinco reinos para unificar China. Ese mismo año ocurre un terrible terremoto que sume a la población en una implacable hambruna. El príncipe heredero del reino de Han, preocupado por la invasión inminente, planifica el asesinato del rey... cuidadosamente. Una feliz oportunidad se presenta, pues en su reino se ha exiliado Fan Yuquin, general rebelde de Qin, quien voluntariamente ofrece su cabeza como señuelo.

Así, un asesino disfrazado es enviado a Xianyang en presencia del rey de Qin con dos ofrendas que no rehusará: la cabeza del general rebelde, en aparente señal de lealtad y mapas pintados en seda de la región de Dukang, valiosos tesoros para la estrategia dominadora del monarca. El asesino fracasa pero el rey de Qin nunca vuelve a dormir en la misma cama dos noches seguidas.

Terminado el invierno, la conquista prosigue: se desvía agua del río Bian para inundar la capital del reino de Wei. La muralla de la ciudad cae y el rey se rinde.

Cuando le toca el turno al reino de Zhao, el ataque es masivo. Al llegar la victoria, el rey de Qin ordena enterrar vivos a los viejos enemigos de su madre. Aparte, diez mil prisioneros son ejecutados, rompiendo las reglas de la guerra. Ese año, una gran hambruna asola el reino.

El rey de Chu es capturado y el general a cargo de su ejército, se suicida. Cuando la conquista de los territorios al sur del Yangtzé se consolida, el gobierno de Qin permite a todos sus súbditos beber para celebrar la derrota de los cinco reinos.

El rey Qin Shi Huan reflexiona sobre su magna empresa y se siente orgulloso. Considera entonces que su moral es más alta que la de "los tres augustos" y sus méritos más grandes que los cinco emperadores. Se hace llamar Chin Shi Huan Di, que literalmente significa: "El primer Dios divino de Chin".

Haciendo uso de su imperial autoridad, instituye nuevas leyes: desaparece la diversidad de lenguajes escritos, los comerciantes deben acoger las unidades de medida del imperio y hasta los carros cambian sus ejes para acomodarse a los nuevos caminos. Las diversas monedas desaparecen también, pues todo comercio en el imperio se realiza por mandato del emperador con la moneda acuñada por el reino de Qin.

Es hora de las grandes construcciones que atestiguarán sobre la grandeza del emperador. Las obras incluyen una extensa red de carreteras y palacios espectaculares. Setecientos mil hombres son hechos esclavos para terminarlas. El emperador toma una magna determinación: unir una serie de muros construidos en la antigüedad, para formar una inmensa muralla que resguarde su reino. Sólo para esta obra, dispone de trescientos mil obreros. El espléndido resultado final deja atónitos a súbditos y extranjeros.

Pero no todo va bien en el reino, los pensadores, los poetas, los académicos no acogen del todo la autoridad imperial. Meten ideas en la gente, soliviantan. El general Li Si habla a su oído y le brinda un buen consejo. Por decreto, los poemas, libros, archivos históricos son prohibidos y deben destruirse. Al final del violento saqueo, de las infinitas hogueras, de la humareda que asola las ciudades, los papeles no son más que un polvo fino que no deja respirar. Todos desaparecieron, excepto los documentos "oficiales", celosamente guardados en las bibliotecas gubernamentales.

Los académicos desafían al gobernante con sus críticas. Lo acusan de cruel y tiránico... a sus espaldas. El emperador responde con una enemistad acérrima y cuando la persecución comienza, los eruditos huyen. El emperador enfurecido entierra vivos a cuatrocientos sesenta letrados en la capital de su reino. Poco después, setecientos más morirán aplastados por una lluvia de rocas. Al terminar con estos actos terroríficos, la sociedad está en orden. El imperio ha sido unificado. Nunca la China conocería mayor grandeza, ni su civilización tendría más influencia sobre el mundo conocido.

Sin embargo, una idea recurrente atormenta al emperador: la muerte. Ostenta una autoridad indisputable, toda rodilla se dobla frente a su real presencia. Sus riquezas son incalculables.

No hay deseo que su voluntad no pueda materializar. Todo ello le resulta insuficiente: no quiere morir. Como su deseo ha sido siempre orden imperativa y no sabe qué hacer frente a lo implacable, opta por lo impensable: la inmortalidad.

Busca consejo de médicos y hechiceros. Viaja hasta la lejana provincia de Xianamen. Ahora sus generales, sin oficio en la guerra, son asignados a una nueva tarea heroica: buscar el elixir de la vida.

Su deseo se vuelve obsesión y el pueblo se percata de ello. Cuando un meteorito cae en la prefectura de Dongjun, aparece sobre la piedra una inscripción clandestina: "Pronto morirá el primer emperador y entonces la tierra será dividida." Chin Shi Huang manda destruir la piedra.

Sus esfuerzos por desentrañar el secreto de la inmortalidad no producen resultados. En un acto desesperado, ordena al hechicero Zu Fu que, acompañado de tres mil muchachos, viajen hasta encontrar una mítica montaña donde se encuentra el elixir de la vida.

Entre tanto, los sabios de la corte muestran al emperador una maravilla que lo fascinará: el mercurio, fantástico elemento de apariencia casi irreal, que prolongará su vida. Encantado con esta pócima de apariencia mágica, inicia el tratamiento sin demora.

La afanosa búsqueda de la eternidad, no aparta al emperador de los asuntos terrenales. Mientras andaba en los caminos de su reino en labores de inspección, un nuevo intento de asesinato lo espanta. Hacía tiempo, había tomado a su servicio a varios hombres parecidos a él y ataviados con sus ropajes, servían para despistar a sus enemigos. Ese día uno de sus dobles amaneció muerto, atravesado por una daga.

Asustado, ingirió con compulsión y descuido una dosis adicional de mercurio, desafiando el consejo. Todo el día se sintió muy extraño: ligero y atontado. Por la tarde, un enorme sueño que no pudo resistir lo invadió.

A la mañana siguiente, el general encargado de su servicio personal lo encontró muerto. El hallazgo lo aterrorizó, pues bien sabía que la muerte del emperador acarrearía enormes catástrofes en el reino. Decidió ocultarlo. Ordenó para el regreso de la caravana a la capital del reino. Temeroso de que el fétido olor del muerto develara el secreto, hizo acompañar la carroza del rey de una carreta con pescado. El cuerpo se descompuso al mismo ritmo que la carga de la carreta. Así, el emperador realizó su último viaje a la capital de su magno reino, acompañado de un pútrido olor a pescado descompuesto.

V
EL HIEROFANTE

Era una planta tan poderosa, que tenía cuatro caras, percibía la vida en siete dimensiones y nunca se permitía que permaneciera en las casas de los vivos.

Tradición tarahumara

Hace años decidí, sin saberlo, dedicarme exclusivamente a cuidar a mi hijo. Nada más importaría. Los años fueron pasando y nos fuimos quedando solos.

Mi muchacho tenía apenas tres años cuando su madre se largó con un fulano, la muy puta... El tipo era casado y no le convenía, pero le dio igual. Me sentí como un imbécil, pues sin saber lo que era, le ofrecí un hogar. Hacerle frente a la responsabilidad y cuidarla hasta que fuera vieja.

Eso la tuvo sin cuidado. Fresca, sin pensar en nada, sin acordarse de que era madre, la muy perra, se largó. Sólo recordarlo me hace odiarme de nuevo por haber buscado esposa "en el bote de la basura", como me reprochó siempre mi madre.

A veces me da por fustigarme: Bien que lo sabías, me repito sin darme tregua, fuiste un imbécil. Todos me lo decían: Te vas a arrepentir, vos, no seas baboso. Pero en ese entonces yo estaba "encalzonado". Para el amor, la muy jodida era una maga. Cuando a veces charlamos, mi amigo el Che, me repite las mismas palabras: Nada jala tan fuerte como el pelo de una concha.

Gracias a Dios, hace rato que dejé de odiarla. Hace rato que ya no me hierve la cabeza, dándole vueltas y vueltas al mismo asunto. Hace rato que vivo en paz, junto a Rodrigo, mi muchacho que ya cumple este abril veinte años. El patojo es bueno, estudioso, aunque un poco callado. Como si estuviera volando en las estrellas. El otro día lo estuve espiando. Estaba tirado en la terraza viendo el cielo.

–¿En qué pensás?, le pregunté.

–En nada, me contestó sin más explicaciones.

–Entonces, ¿podés decirme qué hacés allí?

–Mirando a Dios, contestó. Me dejó callado. Parecía hablar en serio.

Ahora estamos en Semana Santa. Rodrigo anda de un lado al otro con sus amigos. Se va siempre en las fiestas, y yo me quedo aquí, solo como un idiota.

Para cambiar un poco la rutina, pensé entretenerme cuidando las matitas que él ha sembrado: jazmines, camelias, hierbas para cocinar, una floripondia que da unas flores grandes como campanas. Y mientras les echaba agua y las desyerbaba, no dejaba de pensar cómo me alegra la vida el muchacho.

Pone una musicona como de los años setenta, mi pura época. A mí no me entraba la dichosa música esa: Jimmy Hendrix, Pink Floyd... pura música de hippies. Yo a lo más que llegaba era a los Bee Gees y mis amigos onderos decían que era música de huecos. Pero mi mero fuerte era la música en español: los Ángeles Negros, Roberto Carlos, música romanticona. Me hacía sentir enamorado y eso era lo único que me importaba... amar. ¡Y ve dónde fui a parar! A lo peor. ¡Cómo me fue a pasar eso a mí que no debía nada! Condenado a la soledad que es tan dura. Todo culpa de esa perra, maldita...

Dándole vuelta a esos temas estoy, cuando mis ojos quedan atrapados por una planta que no había visto. Recuerdo que hace un par de meses fuimos a comer con Rodrigo fuera de la ciudad. Teníamos fastidio del tráfico, del ruido y del hormiguero de gente. De regreso, me hizo que parara para comprar un tiesto de barro. Grande y bien adornado. Estaba muy contento, como si fuera algo importante y no una sencilla maceta. A veces parece un niño.

Pues bien, precisamente allí, en ese tiesto de barro que tanto le gustó, está la planta muy bien parada y casi me llega a la cintura. Sus hojas son verdes, con un verde que espanta. Se me figura que me está mirando. Como si hubiera salido de las mismas entrañas de la tierra. No parece una planta de casa; parece una pantera salvaje. Las hojas se me hacen conocidas, como si de una mano se tratara, una mano con sus dedos abiertos. Manos verdes, fuertes, vivas. Me acerco y mi cabeza entra en caos. El olor es inconfundible: marihuana. No soy ningún baboso. Claro que alguna vez probé esa porquería. ¡Y lo que menos pude olvidar fue el maldito olor!

Todo el estómago se me revuelve. La cabeza se me nubla. ¡El patojo es un puto marihuano! Para qué tanto esfuerzo, para qué tanto sacrificio. La vida se me viene abajo. A pesar de que un pensamiento se me cruza, haciéndome recordar que debo escucharlo antes de condenarlo, como él siempre me reclama, la ira puede más que ninguna otra cosa.

Arranco la planta. Aun así, en mi mano, parece altiva, parece mirarme con sorna. La desgajo, la hago pedazos, la meto en una bolsa de basura y la echo al barranco frente a la casa. El resto de la semana, paso tirado en la cama, pensando y repensando. Agobiado por la oscuridad y el fracaso.

El domingo de Resurrección, es ya noche cuando oigo el carro de Rodrigo llegar. Me alisto y me preparo para enfrentarlo. Hasta me dan ganas de echarlo, pero prometo contenerme.

Aparece su rostro en la puerta con los ojos claros y el rostro radiante. Su luz ilumina, como siempre la casa.

–Ya vine, viejito. Te traje un pan de banano

del que venden en San Pedro, para que sigás echando barriga...

El beso que me pone en la frente me deja callado. Es un beso limpio. No puedo nada contra ese beso, más que guardarme de arruinarlo. No puedo sino decirle, como cada vez que regresa:

—¿Cómo te fue, mijo?, ¿estuviste contento?

—Sí, viejo ya te cuento mañana... ¡Estoy muerto!

Cuando me levanto, Rodrigo está en la terraza. Examina sus plantas y yo me hago el desentendido. Preparo el café, pongo la mesa.

—¿Querés desayunar?

Rodrigo se sienta callado y taciturno.

Al rato pregunta:

—¿Viste la planta que estaba en la maceta que me regalaste el otro día?

Pienso rápido. No sé qué contestarle. Me siento mal, terriblemente mal. Sin embargo, la razón está de mi lado y eso tiene que ayudarme a enfrentarlo.

—Sí. Sí la vi.

—Y... ¿qué le pasó?, ¿por qué ya no está?

—La tiré a la basura.

—Ahh...

—Rodrigo, la planta es ilegal. Sabés que mi casa no es lugar para asuntos ilegales.

—A mí me parecía que era hermosa.

—¿Hermosa? Por Dios, Rodrigo, no me vengas con esa estupidez... Hermosa... Ése no es el tema. Se trata de una planta de M A R I H U A N A. ¿Entendés eso? Es una droga. Si la cultivás, seguramente la usás. No estoy dispuesto a mantener a un drogadicto. Las drogas te van a llevar a la ruina. ¿No lo entendés? La verdad te consideraba más maduro.

–La ley... las drogas... las adicciones. ¿Es en eso en lo que pensás? Qué pena... ¿No te das cuenta de que estás fabricándote un mundo detestable?

–¿Ah, si?, me siento ofendido y pienso: ¿para esto le he dedicado mi vida a este muchacho?

Después de una pausa para calmarme, le respondo:

–Y, vamos a ver, en qué pensás vos cuando sembrás y cuidás una planta de marihuana... a ver, explicame.

–Pues, pienso antes que nada que es hermosa. Luego, pienso que es una planta que vale la pena sembrar y cuidar porque es poderosa.

–¿Poderosa?

–Sí. Es una planta curativa. Las plantas que nos curan, son poderosas. ¿No te parece?

–Y ¿qué diablos te cura la marihuana a vos, por ejemplo? ¿El estar sin oficio, tal vez?

Por un momento se queda en silencio. Luego con determinación me mira directo a los ojos y me dice:

–Qué significa sanar depende de a qué llamás enfermedad. La planta puede abrir tu mente y hacerte más sensible a las cosas... Experimentar la realidad de otra manera. Quizá abrir tu mente para encontrar tu propio sentido de la armonía sea sanar.

—Allí tenés... Es una droga. ¿No te asusta alterar tu cabeza?

—Por favor, papá... No seas infantil. Antes que nada, la marihuana es inofensiva. Aparte, ninguna droga puede poner en tu cabeza lo que no está ya allí. Sé que llevo adentro mi propio paraíso... mi propio infierno. Eso no lo cambia nadie, excepto yo mismo. Hay otras plantas que son más de temer, pues su poder es realmente extraordinario: el peyote, el yagé, el oliquiguili. Esas sí que te llevan de viaje... Civilizaciones enteras se fundaron en torno a su poder. ¿Querés ver algo?

Fue a su cuarto y regresó con un libro en la mano, tenía marcada la página. Me la mostró. Yo no veía más que un inquietante monolito.

—¿Sabés qué es? preguntó Rodrigo.

—Francamente, no...

—Es Quetzalcoatl, resplandeciente con sus preciosas joyas. Tiene puesta la máscara de un pájaro. En su espalda lleva a una mujer, justamente como acostumbraban a llevarse a las novias en el México antiguo. La mujer también tiene una máscara y de su tocado salen cuatro hongos. Lo más interesante de todo es que ella no es una mujer. Es la encarnación del espíritu que habita las plantas sagradas. Los hongos de su tocado, son alucinógenos. Los aztecas los llamaban "carne de los dioses".

Rodrigo se calla por un momento. Yo estoy totalmente estupefacto.

—Imaginate, papá, el pintor fue un sacerdote mixteco. Este dibujo es su propio recuerdo. ¿No te parece casi un poema? Para mí es mejor que un trozo de filosofía sobre el encuentro entre lo humano y lo sagrado. Las civilizaciones antiguas lo sabían: el puente entre ambas dimensiones son las plantas alucinógenas. A estas alturas me sentía verdaderamente aturdido por nuestra conversación. Mi hijo me parecía un extraño.

Rodrigo añadió:

—En cuanto a mi planta de marihuana...

—A ver...

—Quería conocerla pues me parece admirable: ¿sabías que existe una planta macho y otra hembra? La planta macho, al madurar, saca su sexo, unas bolitas negras, llenas de semillas. Cuando llega el momento, esa semilla puede polinizar a muchas plantas hembra, hasta a un kilómetro a la redonda. Lo hace el viento... Lleva las semillitas que fecundarán a una planta distante, una planta que no imaginamos, una planta que espera. Quise sentir que era parte de este universo desconocido, móvil, cambiante, misterioso...

Me quedé callado por un buen rato, sin saber qué decir.

—¿Vos creés entonces que las plantas están conectadas?

Preguntar una idiotez fue lo único que se me ocurrió, con tal de no perder el hilo de la conversación.

—No sé... creo que no es posible saber, salvo que borremos de nuestra cabeza el mundo como lo hemos aprendido. Quizá entonces podríamos llegar a... no sé, comprender algo. Rodrigo sonrió y su rostro era de nuevo inocente, como si no hubiera pasado nada.

—Entonces, ¿en qué quedamos?, no quería que se olvidara el tema, ¿vas a insistir con ese asunto de las drogas?

Ahora su cara se volvió desafiante y no era ya el tierno muchacho.

—Con el asunto que voy a seguir, te guste o no, es con el de buscar mi propio destino. ¿Te das cuenta, viejo? No se trata sólo de pagar las cuentas, de comer y ver la tele...

Se levantó de la mesa y se fue sin decir más.

La conversación con Rodrigo me dejó extrañamente conmovido.

A partir de ese día, vivíamos en la casa como dos extraños, lo cual me dolía más allá de lo que hubiera podido imaginar. Entraba y salía en silencio, eludía hablarme. Yo seguía con ojos curiosos sus movimientos. Noté, como antes nunca lo había hecho, lo frecuente que eran sus viajes al techo de nuestra casa. Permanecía allí horas, solitario. Cuando le preguntaba, daba cualquier excusa escueta: el calor insufrible de la casa, los colores del atardecer, el silencio para estudiar. Yo pensaba que era por no estar conmigo. Sin embargo, mi curiosidad me llevó a fijarme. Muchas noches, Rodrigo pasaba allá arriba, bajando al rayar la madrugada.

No pude más. Esperé la oportunidad en que su ausencia sería larga. Decidí subir. No tenía siquiera una escalera suficientemente alta y, queriendo trepar por los balcones como él lo hacía, estuve a punto de romperme la cabeza.

Cuando llegué arriba, quedé atónito: un jardín de plantas diversas, sembradas en macetas muy bien cuidadas abarcaba toda la superficie. Sobre una vieja mesa de madera que, según recordé había tirado a la basura meses atrás, había una planta muy hermosa y altiva. Me cuesta confesarlo pero sentí que me llamaba. A su lado estaba una cajita. Dentro, unos bulbos de apariencia inofensiva. Nunca entenderé por qué, pero mi primer impulso fue llevarlos a la boca y morderlos. Su sabor era francamente detestable, sin embargo la poderosa frustración que me causaba no entender a mi hijo, me empujaba. ¡Qué más da! Comí todos los que estaban en la caja. Mientras actuaba como una bestia, mascando estas raíces sin pensar, una parte de mí observaba horrorizado.

Mi estómago respondió al ataque del extraño alimento. Una náusea infinita me sobrecogió. Mientras vomitaba, deseé que fuera toda la amargura de mi existencia la que me saliera por la boca y agradecí la purificación.

Al terminar, casi desfallecido, caí en una especie de delirio, tan agradable, que me hubiera quedado así por una eternidad. Un zumbido que, inicialmente, tomé por una abeja, desató la vorágine: era una vibración que venía de mi interior. Las sensaciones sensoriales fueron aumentando su intensidad, hasta que el caudal de imágenes, sonidos y colores que me atravesaban eran tantos que sentí que toda mi conciencia explotaría en pedazos.

Tomé mi cabeza entre las manos, intentando

parar la vorágine. Tenía frente a mí la planta. Escuché cuando habló y dijo que debía asirme a una sola impresión. En un mundo lleno de imágenes puedes fácilmente perderte, pronunció.

Yo pregunté cómo hacerlo, si todo viajaba tan rápido. Era imposible comprender nada, y la sucesión de sensaciones era muy agradable. Abre los ojos, dijo la planta. Yo los tenía abiertos, pero ante la orden, intenté abrirlos más. Una araña inmóvil atrapó mi atención. Su tela era tan sutilmente bella, que logró detenerlo todo. Tanto, que ahora parecía que cada segundo duraba para siempre.

Mover el tiempo era difícil, había que hacer rodar, con enorme esfuerzo, cada segundo para que pudiera llegar otro a reemplazarlo. Me asaltaba el temor de que todo se volviera estático y el tiempo no corriera más. El temor se volvió pánico. Frenéticamente empujaba los segundos cada vez más lentos. Finalmente, tuve que aceptar lo imposible de la tarea. El tiempo se había detenido. Al caer de lleno en ese estado de inmovilidad, no había nada. Sólo un gran vacío. Tuve terror de ese vacío que me quería tragar. La planta me habló de nuevo: abrázalo, es lo único real. Cuando no puse más resistencia y me abandoné, sentí una perfecta paz sin pensamientos, un espacio en blanco imposible de describir. Yo ya no era yo y eso era un alivio.

No se cuánto estuve así, sólo sé que cuando salí del estupor, vagamente me di cuenta del frío en mi piel y me percaté de que estaba empapado.

Un fugaz pensamiento me hizo recapacitar que quizá había llovido./

La tela de la araña cercana a mis ojos tenía ínfimas gotitas de agua traspasadas por colores que se sucedían unos a otros. Entré por una de esas gotas y vi claramente un camino. La planta habló: ese sendero blanco, es tu camino. Empecé a caminar por el sendero, sin saber adónde me llevaría. Todas las incertidumbres me cayeron encima. Algo apareció en ese camino y yo llamé a esa criatura "mi infelicidad". Al principio estaba hecha de agua verde que fluía, luego me pareció, más bien, una serpiente. Abrió sus fauces y supe que iba a tragarme. Voluntariamente caminé hacia la enorme boca amenazante. No tenía fuerzas para pelear. Aparte, siempre fui víctima dócil de circunstancias irreparables. "Mi infelicidad" me tragó y todo se volvió oscuro.

Me vi a mí mismo, como un niño. Tenía el corazón roto. Sentí mi cuerpo sacudirse entre sollozos. Quería que alguien me protegiera, quería que alguien me amara, pero estaba solo.

La voz de la planta resonó en mis oídos. No sucumbas a tus fantasías. Abre los ojos. Me di cuenta de que no quería abrir los ojos. Era demasiado esfuerzo. Estaba cómodo naufragando.

La orden se reiteró y abrí los ojos. Fuera de mí, todo estaba iluminado. Una visión magnífica me obnubilaba y me dije a mí mismo que era Dios: inmenso, brillaba con una corona hecha de rayos de sol. Sin embargo, estaba envuelto en lluvia. Cuando pude ver más claro, entendí que la lluvia caía de sus ojos. Pregunté por qué lloraba y, dijo que sus lágrimas de dolor sembraban un sueño. Añadió que a ese sueño yo le llamaba "mi vida". Su respuesta me inquietó. Pregunté qué pasaría si sus lágrimas se secaban. Él contestó que cuando las lágrimas se secaran, se acabaría el sueño. Una oscura angustia me golpeó. ¿Y entonces?... Era difícil imaginar cómo formular la pregunta. Anticipándose, él contestó: ...entonces, despertarás.

De su pecho surgió un halo de luz muy cálida que me envolvió. De muy adentro del cuerpo, me surgió una melodía. No se parecía a ninguna otra que antes hubiera escuchado. Era la canción de mi ser y el Dios que me la entregaba, era yo mismo: un Dios hecho a mi imagen y semejanza. Estaba redimido. Me asombró cuánto camino había andado para llegar a este momento.

Cuando desperté una tremenda sensación de desgaste físico y emocional muy parecido a la tristeza, se apoderó de mí. Un vacío frío. Había anochecido. Entendía perfectamente lo sucedido, pero no de una manera que pudiera traducirse en palabras. Me dolía la cabeza, de hecho, sentía que me iba a estallar. Con grandes trabajos logré bajar y meterme en la cama.

Al día siguiente, cuando me levanté, Rodrigo estaba en la mesa.

—¿Cómo dormiste?, me preguntó, es tarde.

Adelantándome a cualquier reclamo, decidí afrontarlo de inmediato.

—Esta vez no tiré tus raíces, le dije precipitadamente, me las comí.

Rodrigo sonrió con complicidad. Después de

un momento de silencio, dijo con fingida se-
riedad:

–No me extraña. Seguro estaban allí para vos.

VI
LOS AMANTES

Solve et Coagula.
De la tradición cabalística

Llega antes de la hora, pues no puede pensar que se le haga tarde. Hace un calor infinito, calor de vísperas de Semana Santa. Se quita los zapatos para sentir el frío del piso. Saca de una bolsita los dos vasos, la botella de aguardiente, mira el reloj.

Aún faltan cinco minutos.

El olor de la impaciencia oprime el recinto. Un instante de plomo le cae encima. Es el momento cuando siempre duda: ¿Y si no viene?

Se sienta en el sofá y recuerda. Las imágenes saltan de cada recodo de su cuerpo. Las rodillas tiemblan. Para distraer su propia tensión, toma su perfume, pone una gota entre los senos, dos atrás de la nuca. Mira sus cigarrillos pero no toma ninguno. A él no le gustaría… Oye el ruido del auto que se aparca. Sube como siempre al vano de la ventana para cerciorarse. Percibe apenas el color verde del auto. Llegó. Corre y abre con anticipación la puerta.

Él aparece y, a continuación, sus brazos, su olor, su calor la cubren. Entra con avidez a este abrigo, como si la espera le hubiera desbocado algo dentro. Se deja recorrer por sus manos grandes, por sus labios que, finalmente, se detienen sobre su boca. Un beso y el sabor a sal inundan su paladar.

Lo toma de la mano, lo lleva al sofá. Él ríe, cuenta cosas, mientras se sirve un trago. Ella no piensa sino en sus labios húmedos. Percibiendo en su mirada ese deseo, él la vuelve a besar, largamente, profundamente, juntando el calor de sus bocas al calor de marzo. Todo se alumbra.

La espera es insoportable, ella le quita la corbata. Él entiende, caminan al cuarto vacío donde un colchón yace en el suelo, desnudo. La toma por la cintura y sus labios ya no se separan.

Abrazados, caen hasta el fondo del abismo donde cada uno será la red que detenga al otro. Pierden el nombre y la historia. El cuerpo toma la dirección. Todo se vuelve sensación en la caída: humedad, tibieza, la gentileza de la carne. Algo roza lugares inéditos, haciendo florecer una ternura. Algo toca lugares dormidos y el gozo surge, como si fuera nuevo. El corazón se desarma en medio de un extático letargo. Recuerdan remotamente estar temblando de frío.

Los ritos de desvestirse y ya están tendidos. Tienen mucha urgencia: una boca aprisiona un pezón, otra recorre un cuello, luego las lenguas se abrasan, y pasan a convidar al festín a las orejas, a los párpados. Las manos viajan de los glúteos a la larga y ondulada espalda, del clítoris al vientre, hasta que la agonía exige llevarlo todo hasta el final. Su sexo abre y descoyunta, mientras ella con placer lo recibe, se abre y descoyunta.

El hermafrodita deja de ser recóndito. La sangre alebrestada se lanza contra todos los límites, sienes, entrañas, dedos que se deslizan perdidos por todas partes.

Cuando la tormenta acaba y se recupera el aliento, las manos se abandonan a los cuerpos encallados, delineando los bordes, dibujando siluetas, como pájaros que rondan el azul infinito de la tarde.

Todo es ahora muy lento, hurgando dentro de un espacio detenido. Ella pasa su dedo índice en el borde de sus labios, no contenta, lo humedece con su lengua y renueva la caricia. Él riega con besos diminutos su frente, mientras ella peina sus cabellos mojados de sudor.

Éste es el siglo de los besos lentos que recorren largos desiertos. La piel reconoce geografías, usando instrumentos insólitos: un codo, un pie, una muñeca. Todo incita a la fascinación, los largos muslos, el descenso de la cintura, las intrincadas selvas de vellos púbicos. Él bebe de sus pechos mágicas sustancias imaginadas, ella pone sus labios suaves en sus rodillas con veneración. Ascendiendo, moja con ellos sus ingles, besa su sexo.

De nuevo, él entra en ella, ya no con gula o urgencia. Se abandonan despacio y sin mapa, más allá de la premeditación o el lenguaje. La sabiduría del cuerpo, la reinvención del ritual de la pareja, el reconocimiento del eterno misterio. Fusión sin razones, sin diálogos. Bella en su increíble simpleza. Gozosa y alada.

Esta vez, el orgasmo es agónico. Les parece que los cuerpos se van a derrumbar. Algo se conmueve por dentro y las lágrimas salen corriendo a los ojos (¿de él o de ella?). Dos torres se desploman en medio de una nube de polvo.

Cuando todo acaba, él ha quedado dentro. Vuelve despacio de un lugar ignoto. No desea salir de allí, como antes (en tiempos inmemoriales) no quería ser expulsado del paraíso. Ella también se amarra de brazos y piernas a este cuerpo salvavidas, fugitiva aún del tiempo y su agonía. Quedan así por una eternidad: trabados, atrapados, enredados, sin vidas distintas, sin separación.

Él se da una ducha. Ella no: quiere quedarse con él dentro de su cuerpo. Se despiden abajo, con unas cuantas palabras, un abrazo callado. Cada uno en su auto, en su soledad, surca las luces una ciudad que brilla serena mientras el tráfico enloquece.

Ella estaciona en el supermercado, baja presurosa, se ha hecho tarde. No puede evitar que sus movimientos estén entumecidos, la ensoñación la sumerge en sensaciones que se escapan de su cuerpo. Las manzanas frías van a dar a sus labios incendiados. Recién nota que su barba le ha raspado el mentón. Mientras la cajera le pregunta si paga con efectivo o con cheque, sus pezones ardientes recuerdan su boca.

Cuando regresa al auto, el celular repite la tonada que la pone siempre nerviosa.

—¿Dónde te metiste?, grita la voz del otro lado, y, sin esperar respuesta: los niños no habían cenado cuando llegué.

—Estoy en el super... llego en diez minutos.

Deja de escuchar la voz del teléfono y la letanía se pierde en su indiferencia. Sólo parecen existir aquellas palabras que él dijo antes de partir:

—Hasta el próximo jueves, amor.

VII
El Carro

Yo no sabía que la libertad no es una recompensa o una condecoración que se celebra con Champagne. Ni siquiera es un regalo, o una caja de delicadezas para hacerte relamer. ¡Oh no! Todo lo contrario. La libertad es una escogencia y una larga carrera, muy solitaria y agotadora. Sin amigos que levanten la copa mirándote con afecto. Solitario en un cuarto prohibido, solitario en el cubículo de un prisionero frente a los jueces y solitario para decidir frente a ti mismo y frente al juicio de los otros. Al final, la libertad es una sentencia, por eso es tan pesada de cargar, especialmente cuando tienes fiebre, estás desamparado o no amas a nadie.

Albert Camus, *La Caída*

Marioco y Leo llevan prisa. Leo se nota nervioso, es su primera salida.

—Si hoy te portás a la altura mano, dalo por hecho, sos parte de la mara. Es más, como sos mi hermano, hasta mando te doy.

Leo viste una camiseta sin mangas para exhibir los tatuajes en sus dos hombros: dos máscaras con la cara de la luna. También lleva el cinturón que le regaló su madre con su signo del zodíaco y el collar con la pieza de metal cuadrada con la insignia de la mara "Luz y Ley". Mira con admiración a su hermano mayor que hasta el día de hoy ha ocupado el lugar de su padre ausente.

—Eso sí, si calculás que te vas a ahuevar, mejor te quedás con mi mamá haciéndole los mandados, como que fueras marica.

Para darse valor, Leo toca la pistola que lleva escondida en la pequeña mochila que cuelga de su hombro. Fue el regalo que su hermano le hizo cuando cumplió catorce años.

—A mi mamá la ayudo por respeto, pero vos ni te preocupés, yo echo verga parejo.

Marioco lo mira con enojo y ríe con sarcasmo.

—Dejate de valentonadas. Has estado pegado a las faldas de mi mamá desde chiquito. Sólo acordate: si me fallás te meto un plomazo, cabrón. Esto es asunto de hombres. En la sexta vamos a juntarnos con los otros muchachos.

María Elena sale a la calle. Cuida su bolso, apretándolo bajo el brazo. Hoy le pagaron. Mientras camina para tomar la camioneta, va mirando las vitrinas llenas de objetos que no puede comprar. Los pájaros cantan sobre la avenida La Reforma, igual que cada atardecer.)

La parada del bus está atiborrada. Ésta es la hora de salida del trabajo: secretarias, empleados de oficina, mensajeros. Todos hacen un esfuerzo para verse tan arreglados como lo exigen sus trabajos citadinos. Trajes mal cortados, camisas gastadas y zapatos de tacones torcidos son inofensivos estigmas que traicionan las apariencias. A esta hora, los esfuerzos para maquillar su pobreza y entrar en el ritmo de una ciudad que se mueve a fuerza de imágenes de éxito, parecen desplomarse. Las aglomeraciones de la turba que batalla para alcanzar espacio en un bus desvencijado, distorsionan la atmósfera sofisticada de los edificios de vidrio.

El bus se detiene en la parada, repleto como siempre. María Elena entra con dificultad y busca algún espacio en la parte de atrás, cerca del agujero que dejó la puerta trasera, cuando meses atrás se cayó. Cerca de ella, un hombre con pelo muy sucio escucha el radio, apoyándose en él, contra la ventana.

En la siguiente parada, mucha gente baja. Varios muchachos jóvenes se suben. Sus tatuajes y la insolente expresión de su rostro son la seña: pertenecen a una pandilla. En el interior del bus, la gente se pone nerviosa. Tratan de permanecer tan indiferentes como pueden.

A María Elena la recorre un escalofrío que le advierte que algo malo va a pasar. Intenta bajarse, pero es demasiado tarde, el muchacho más joven ha puesto la pistola en la cabeza del chofer y lo obliga a continuar la marcha.

–Vamos a dar un paseíto... pedazos de mierda, dice Marioco con una voz áspera.

El pandillero recorre con su mirada opaca a la gente aterrorizada y les dispensa una sonrisa malévola. Los otros dos muchachos exigen las joyas de bagatela, celulares y dinero de los pasajeros. Los zapatos tenis de un jovencito llaman la atención de uno de los pandilleros. Le pega con la pistola en la cabeza y un hilo de sangre atraviesa su rostro.

–Mirá bueno para nada, escupe Giovanni sobre el rostro asustado, te me vas a quitar los zapatos rapidito y me los estás entregando ya. Sos muy feo. Estos rieles son demasiado buenos para vos. Sus palabras van acompañadas de una risa burlona.

La parada siguiente se acerca. María Elena mira ansiosamente hacia la puerta abierta justo a su derecha.

Marioco, dirigiéndose a Leo grita:

–¡Hey, Leo! Mirá que el chofer hijo de puta pare, hay dos hembritas, esperando para ir de paseo.

Leo un poco intimidado, acerca el cañón de la pistola a la cabeza del chofer. Exagerando el tono grosero se dirige al chofer del bus:

–Ya oíste vos, cerote, pará el bus.

El bus se detiene. Giovanni va acercándose

peligrosamente a María Elena en la parte trasera. Ella se paraliza de miedo y trata de esconder su bolsa sentándose encima de ella.

Con agonía escucha los silbidos y flirteos obscenos con los que los mareros reciben a las muchachas. Ellas se cubren el rostro con sus cabellos, riéndose con angustia, vestidas con sus faldas cortas y sus piernas gordas.

El bus empieza a marchar dubitativo, pero pronto sube la velocidad cuando Leo presiona de nuevo la pistola en la cabeza del chofer. Marioco mira viciosamente a las mujeres que acaban de entrar, lamiendo con la lengua su labio inferior.

–Puta, vos Giovanni, dice Marioco, vení para-cá, vos hueco. Mirá qué buenas están las putas recalientes que tenemos aquí.

Giovanni continúa interesado en robar lo más posible a la gente de atrás.

–Esperate, vos… todavía hay mucha lana aquí atrás, habla abstraído por la codicia del botín.

Marioco le apunta con la pistola desde la parte de enfrente del bus. Un bosque de cabezas se alza entre los dos. La gente se estremece.

Giovanni, sumiso y obediente, replica:

–No te pongás grueso vos… Si ya voy, hombre, masculla mientras acude al llamado de su jefe.

Marioco toma a una de las muchachas y la acerca al pecho del otro delincuente. La muchacha se estremece entre Marioco y Giovanni.

Marioco hace movimientos sexuales por la parte de enfrente.

—Subile la falda... ¿usa tanga, vos?, Marioco pronuncia estas palabras con marcada lascivia.

Giovani la toca por detrás. La muchacha cierra los ojos y las lágrimas le corren por el rostro.

—Sí... ya se me está parando.

—Y ¿qué esperas, pues?... cogétela por detrás, Marioco ríe con ganas.

El bus se acerca a la próxima parada. Marioco camina hacia la parte trasera. Los sollozos de la muchacha que es ultrajada imponen un silencio escalofriante. La mano de Leo, espantado por la violación que presencia, tiembla. El chofer del bus, avasallado por el temor, apenas logra mantener el control del timón.

María Elena ve acercarse la parada. Los segundos parecen eternos. Los frenos lanzan un ruido estridente que parece que llegará a la eternidad. Como si fuera un sueño, María Elena se da cuenta que el bus no se mueve. Entonces, no piensa, hace el intento de saltar por la puerta trasera, pero sobre ella cae Marioco como una pantera. Con un miedo animal, María Elena lo muerde. Marioco la abofetea y con su fuerza la domina. La lleva hasta la parte de enfrente en el bus.

—Esta hija de puta se quería pasar de lista. De aquí no sale nadie cerotes. Yo mando, aunque les caiga en la verga.

El bus prosigue la marcha. Marioco agarra a

su hermano del cuello y lo empuja sobre María Elena.

—A ver, hermanito, ahora te toca el bautizo. Demostrá que sos tan deahuevo... ahora sí, llenate la boca con eso que sos tan macho: cogete a esta cerota para quitarle las ganas.

Leo está sudando. Sus ojos se cruzan con los de María Elena. El rostro de una señora desdentada lo afronta. Sus labios arrugados murmuran sin voz. Mueve la cabeza en señal de desaprobación.

Leo toma una decisión. Se voltea contra su hermano, le apunta y sin pensarlo, dispara. La bala le atraviesa la pierna y Marioco cae al suelo, soltando el arma. La mano de Leo arrebata el volante del bus al chofer, toma control de su dirección y con un viraje violento, lo estrella contra un árbol. Los otros pandilleros saltan asustados y salen corriendo, intentando no ser atrapados en las calles. Leo apunta con la pistola a Marioco que yace en el suelo.

—Agradécele a mi vieja que no te mato, dice Leo mirando fijamente a su hermano. Pero eso sí, te advierto, yo tomo las decisiones a partir del día de hoy.

VIII
La Fuerza

Milarepa viajó por largo tiempo. Cuando al fin regresó, encontró su casa llena de enemigos: horribles monstruos que espantarían a cualquiera. Milarepa tomó en sus brazos a cada una de las terribles criaturas y sin reparar en sus enormes colmillos o fauces abiertas, les dijo: deseo comprender tu dolor y necesidad. Puso su cabeza en las fauces abiertas de cada uno de ellos y, en ese instante, los demonios se transformaron en su fuerza.

Tradición tibetana

¡Dos almas, ay, dentro de mi pecho reinan! Salvajemente quiere una separarse de la otra.

Goethe, *Fausto*

Indeseable, fue la palabra que pronunció en mi cabeza esa voz interior. Cayó dentro de mí como una piedra, la pieza tallada de un antiguo templo maldito.

In-de-ssssea-ble, exageré su sonido sibilante y recordé el cuerpo sinuoso de una víbora. Sentí que no podía escapar de la frialdad de su piel, de la viscosidad de su cercanía, del sentimiento de asco que su imagen provocaba en mí. Me pregunté por qué semejante visitante podría acercarse precisamente en ese instante cuando el sueño ya se escapa, pero aún no estoy completamente despierta.

Palabra víbora, palabra piedra, palabra tumba, veredicto, sentencia final, clave, cripta, camino, llave… ¿Qué había en esa palabra que era preciso anunciarme? ¿Qué parte no pronunciada de mi ser encontraba en ella expresión? La examiné, odiosa, como si fuese un microbio, la evidencia de un juicio, los huesos de un animal extinto enterrado en las profundidades ancestrales de la tierra.

Intentando ser racional, me dije que morfológicamente la palabra se descompone en tres partes. El prefijo "in" se añade para negar, borrar, para expresar la ausencia de, la carencia de, el vacío de, la no existencia. El sufijo "able" establece un estado, una manera de ser.

Finalmente, la palabra deseo. Siempre tuvo el poder de causarme escalofríos. Esa belleza inatrapable, esa huella del vacío. Deseo, atracción, lo que se persigue, lo que la voluntad busca, lo que la gana reclama. Esa fogata que quema en su ardor todas las cosas.

Deseo, deseable desear, eran en mi existencia, palabras fundamentales. Señalan, resaltan, escogen. Los seres deseados se apartan de todo ese otro universo de seres, que también existen, pero que no tienen la fortuna de ser escogidos. Son los exiliados del paraíso. Los invisibles. Las sombras.

En ese otro universo, el universo de los seres exiliados, se podía uno acercar a la inefable palabra *deseo* siempre que se le añadiera el borrador, la palabra negadora, el prefijo "in". Al universo no escogido de las cosas y los seres se le llama "in deseable".

Así que allí estaba, la construcción de mi mente, lanzada hacia mí como un proyectil. ¿Qué era indeseable? ¿Qué era lo que estaba en este desesperado estado? ¿Podría ser yo, mi vida, el universo que he creado?

Me levanté espantada. Corrí para ver mi rostro en el espejo. Esa cara familiar que maquillo cada mañana. La imagen de mí misma, esa metáfora de lo que soy, me miró de vuelta. ¿Cómo podía un cuchillo estar escondido en esos ojos gentiles o en esa hermosa sonrisa? Sin embargo la palabra fue proferida. Yo la escuché con claridad. Una palabra humillante, negadora, supresora. ¿Había sido dirigida a mí?

Al observar con más detenimiento me di cuenta que detrás de la imagen en el espejo, un enemigo estaba agazapado en la oscuridad. La unidad que "yo" suponía ser se quebró en mil pedazos. Incoherentes y desconocidos pedazos. Algunos de ellos podían tener dentro piedras talladas con antiguas inscripciones y conjuros, otras podían envenenarme con poderosas pociones, o lanzarme oscuridades que ocultaran la luz.

Seguí mirándome fascinada. Del otro lado no sólo estaba mi imagen. También estaba presente ese otro misterioso que tanto he rehusado reconocer: una pulsión maloliente, carnívora, obscena y cautelosa. No me sentía temerosa de mi imagen quebrada o de la multiplicidad de seres que implico. Supe que dejarme traspasar por esta verdad, reconocer a la descomunal bestia escondida, sería mi fuerza.

IX
EL ERMITAÑO

¡Oh! Bello ermitaño, Bello ermitaño... Soy la vida. Si posas un dedo sobre mi hombro, se abrirá un rastro de fuego en tus venas. La posesión de la más mínima parte de mi cuerpo te llenará de un gozo más vehemente que la conquista de un imperio. Acerca tus labios...

Gustave Flaubert, *La tentación de San Antonio (La reina de Saba)*

Loco: esa palabra se usa fácilmente
Loco: dice la gente cuando no te entiende
Loco: tal vez naciste antes de tu tiempo
Loco: porque miraste más allá que los demás.

Paulo Alvarado

Es la hora más impetuosa del tráfico. Los vehículos corren a gran velocidad por ambos carriles. Los viajantes se apresuran a llegar puntuales, no importando cuál sea su preestablecido destino. Son las 7:30 de la mañana.

En medio del bulevar se para un hombre. Los brazos abiertos, parece un cristo con deseo de ser inmolado. Da miedo mirarlo, parece que en cualquier momento lo embestirá uno de los autos que no ralentizan la marcha. Es un desatino, ¿qué pretende? Los autos se dejan venir, cada vez más rápido. Imparables, por cientos, por miles, no dejan de brotar de la luz verde del semáforo.

El hombre con los brazos abiertos permanece impasible. No pronuncia una sola palabra, pero su gesto es un alarido: Partida de ovejas... La vida sucede ahora, ¡paren! ¡sientan! No temo a su agobiante impulso, a su voracidad, a su arrogancia, a su apatía... ¡Vuelvan a la vida, fantasmas! ¡Detengan la marcha, mercaderes de la muerte y la destrucción! El ejército de autómatas pasa de largo con una indiferencia siniestra.

El hombre en medio de la calle está solo. Ningún automovilista voltea para mirarlo. Ninguno hace un gesto de reconocimiento. Ninguno se detiene. Todos lo eluden con destreza y siguen su camino. Su cuerpo clava una marca donde el río de autos se parte. El hombre se queda en medio de este río con los brazos abiertos, clavándoles la mirada. Es una obra de arte caliente, una obra de arte hecha de carne. Una estatua que respira.

El acontecimiento es bello como una gran ópera. Conmovedor como una tragedia. El río de autos, el hombre que, solitario, los desafía.

Los curiosos se acercan a la ventana. Loco, exclama una señora, suicida, dice un señor. No es más que un borracho alucinado, susurra con desprecio un joven ejecutivo.

En silencio, me percato de que ese hombre es el único que ha tenido el coraje de romper el férreo cerco de rutina que nos circunda. Me convenzo (y ello me llena de entusiasmo), de que entre la turba caótica y confusa, él percibe una luz elusiva capaz de romper las sinuosas sombras de esta noche interminable.

X
La Rueda de la Fortuna

*Porque aquello que una vez existió,
ya no existe y lo que entonces no era,
ahora es;
        Así, la rueda del movimiento ha
completado su ciclo... otra vez.*

Ovidio, *Metamorfosis*

El prisionero salió de su celda para reunirse con el periodista en una adusta sala, gris y anónima. Es un hombre bien parecido de alrededor de cincuenta años. Alto, tez pálida y sensible. Su traje, la misma camisa azul que uniformaba a todos bajo el régimen comunista.

Cuatro oficiales se sentaron alrededor de la mesa sucia y carcomida. Su presencia había sido impuesta por las autoridades como condición para la entrevista con Pu Yi, último emperador de la China, último sobreviviente de la dinastía Qin.

—Pregúntele todo lo que quiera, él hablará con usted, dijo el comandante del Ejército de Liberación del Pueblo. Su tono era maleducado y altivo. Por contraste, la humildad del prisionero que callaba esperando que alguien se dirigiera a él, provocaba respeto.

Mientras sus manos jugaban con la gorra, Pu Yi empezó a decir, con los ojos vacíos y una voz apenas audible:

—Éste es el periodo más feliz y afortunado de mi vida. El tímido personaje hablaba con el mismo tono falso de los últimos once años. Había tenido tiempo para elaborar el discurso correcto.

—Nací en 1906. Tenía tres años cuando me convertí en emperador de la China.

En esta prisión, la mayor parte de él se había convertido en un hombre inexistente. Mientras que de su boca salen las palabras del autómata, otra parte de su ser aún palpita. Desde ese lugar fluyen imágenes con sentido. Imágenes infinitas.

(El rostro de mi madre, me da un beso y se aleja. Puedo escuchar el sonido de las ruedas del carro sobre las piedras. Un sonido raspante y conmovedor. Cuando la vi desaparecer en la distancia, se me desató un llanto imparable. Pensé que me ahogaría en el sabor salado que me atoraba la garganta. Las viejas concubinas abandonadas a la muerte de sus maridos nobles me cuidaron. Vivían en la ciudad como objetos olvidados por un viajante pasajero. Me convertí en el centro de su atención. Tuve cuatro madres y ninguna. Ella

volvió cuando cumplí los nueve años. Lo recuer-
do porque fue el día de mi cumpleaños. Era muy
bella. Pregunté a mi tutor si podría tomarla por
mujer algún día. Su presencia me despertaba un
confuso deseo.)

El prisionero se alarga explicando detalles del
ascenso al trono imperial. Uno de los oficiales,
impaciente, interrumpe con acento tosco de
provincia, intentando explicar:
—Bajo el régimen feudal, incluso un niño
podía poner su pie en el cuello del pueblo.

(En la Ciudad Púrpura suenan las trompetas.
Ciudad Púrpura, constelación luminosa, púr-
pura. Estrella Polar. Soy el emperador, habito el
centro de la tierra. Ciudad Púrpura. Morada de
los hijos del cielo. Los tambores suenan. Los no-
bles salen de sus nueve mil habitaciones, marc-
han sobre pisos embaldosados en oro por las
manos de novecientos mil hombres, se dirigen
hacia la plaza central situada frente a la Puerta
de la Paz Celestial. Están vestidos con túnicas de
seda amarilla, como corresponde a su linaje.
Todos se inclinarán frente a mí en señal de plei-
tesía. Cuando tenía tres años me senté en el trono
manchú de la ciudad púrpura, la ciudad pro-
hibida. Desde ese trono sagrado de sándalo, el
trono del dragón, ejercí un poder ancestral, un
poder divino que según entendí, no tenía límites.
Terrazas, jardines y santuarios. Las paredes son
rojas y los techos dorados.)

–Agradezco al Gobierno Popular el haberme revelado la severidad de mis crímenes... mis enormes crímenes. Intentó disculparse el prisionero. Su voz era tan queda que tuvo que repetir la frase pues el reportero no podía escucharlo.

(Un ejército de eunucos fue destinado a cuidarme. La comitiva me seguía a todas partes con comida, medicina y cualquier cosa que pudiera necesitar. "Que traigan las viandas". Me divertía ver el alboroto que mis órdenes causaban. Todos se aprestaban a complacerme, no importando la hora. Siete mesas de comida. Generosas mesas, con ocho platos principales, cuatro entradas, tres sopas calientes, ensaladas y tortas, servidas a cualquier hora, en cualquier instante, a mi capricho. A veces este apresuramiento a la obediencia, la exageración de la sumisión, la constante invasión de mis deseos con su solicitud, me ponía de mal humor. Entonces mandaba a azotarlos. Exigía que fuera en mi presencia. Observar con mis propios ojos esta violencia liberaba otra peor que me acosaba: una rabia incomprensible. Un niño quiso escapar de la ciudad prohibida donde nadie entra y nadie sale. Mandé que lo azotaran sin piedad. El niño murió. Lloré por él. Supe que ese niño desconocido también era yo.)

–Traicioné a mi pueblo. Mi gobierno fue solamente una camarilla de traidores, continúa el prisionero y luego, intentando mostrarse muy apasionado, se desata a repetir las consignas maoístas más manidas.

(Viví apartado del mundo tras los muros de la Ciudad Prohibida, donde un dragón enroscado sostiene una perla en la boca. Símbolo imperial, presencia ubicua del emperador en todo el reino. Espejo de la permanencia. El emperador designa y unifica los pesos y medidas del imperio. El emperador tiene el máximo poder de mantener la regularidad de las estaciones. Relojes de sol, unidades de medida para recordarme mi divina estirpe...

Tae He, el gran salón de la Armonía Suprema, con su inscripción caligráfica del Libro de los Cambios: "Armoniosa actividad de todas las cosas en la tierra". Me invade el humo de los inciensos rituales. Antes de iniciar los sacrificios, debía leer la tableta ceremonial para bendición de los aperos de labranza. Era el inicio de la estación lluviosa. Leía del Libro de los Ritos *la sentencia "Cuando nos ocupamos de las cosas de forma propia y armoniosa, sin inclinarnos para ningún lado, todas las cosas de la tierra florecen". Todas las cosas de la tierra florecen, pero el* Libro de los Ritos, *entonces tan sagrado, se ha cerrado.)*

Me percato de que desde hace rato estoy divagando. Mi imaginación de nuevo me traiciona. Soy una de las miles de turistas que invaden cada verano este lugar.

Sentada en el polémico café Starbucks que recién ha sido estrenado dentro de la Ciudad Prohibida, no dejo de mirar el imponente muro rojo de la ciudad que aparece recortado entre los ornamentos de un biombo que oculta la ventana. Estar en este lugar, icono del consumismo y su triunfo sobre la ideología, me hace temblar ante la ironía de la vida.

Acabo de leer desde mi ordenador la entrevista aparecida hace muchos años en los diarios: Pu Yi, último emperador de la China era entonces un prisionero de la Revolución. Pienso en la última afirmación del prisionero, quien terminó sus días como un sencillo jardinero. Según sus propias palabras, fue el mejor oficio que jamás conoció. El hilo de mis pensamientos se corta con los gritos que abruman la calle. Son las ancianas que venden bagatelas en la acera:

—Arrésteme, péguemé, grita una señora de pantalón naranja, mientras arrastra con la mano izquierda un carrito destartalado con su mercancía. Las otras también se alebrestan y se aprestan a recoger sus cosas. Las reconozco. Antes las había visto merodear el lugar husmeando en los basureros. Sus actos reflejaban cierta íntima conexión con ellos. Obviamente, los basureros de los sitios turísticos representan un recurso cotidiano de sustento.

Un auto de la policía avanza, toca la bocina. La mujer se arrodilla y, luego, arremete de nuevo contra los guardias. Uno se le acerca e intenta sujetarla. Ella le escupe el rostro, insulto gravísimo para los chinos. Los policías son casi unos niños. Retroceden asustados.

—Arréstenme, péguenme, grita otra vez,

mientras soba con ternura un botón con el rostro de Mao sobre su pecho.

Otra anciana se añade a la trifulca con furia idéntica:

—Ustedes corrompieron el partido, se llevaron el dinero del pueblo, y ahora ¿nosotros qué hacemos? ¿Qué va a comer el pueblo?

Los guardias apresuran el paso, las mujeres no retroceden.

—Hijos de puta… ladrones.

El cerco de soldados crece. Ahora hay alrededor de cincuenta. Cuando salgo de Starbucks, los gritos de las mujeres se escuchan todavía. Los turistas se entretienen. Toman fotos del escándalo, indiferentes al sol abrasador.

Un diario olvidado en una banca, editado en inglés para consumo extranjero, llama mi atención. El titular: Marabunta de termitas amenaza con destruir la Ciudad Prohibida. Según informa la nota, las humildes criaturas lentamente corroen su millón de columnas laqueadas.

XI
LA JUSTICIA

Haz lo que quieras...

Rabelais

Con las antorchas iluminadas, la terrible puerta de la ciudad se vislumbra más terrible. Sobre su bruñida superficie de bronce se ha tallado la palabra *DIN*. Esa palabra, de un idioma muy antiguo, significa "justicia", pero al igual que muchas otras, tiene un mensaje ambiguo. También significa "severidad". Con la sangre de cada prisionero ajusticiado, se repasan las letras para que conserven ese color rojo refulgente que hace la entrada a la ciudad tan temible. Temible, especialmente para quienes hemos caído en la desgracia: mi madre y yo, viajamos en la odiosa carreta que lleva a los acusados al tribunal de justicia. Manché mis manos de sangre y eso en esta ciudad se paga con la vida.

Viajo de pie, pues no hallo paz para estar

sentado, aunque tengo esperanza de obtener misericordia. Tuve la dichosa oportunidad de ser educado por un maestro que me enseñó a confiar en los seres humanos, pero mi madre ríe con tristeza (ella que siempre fue una mujer alegre) y repite la misma frase: "eres tan joven". Hace dos meses cumplí catorce años.

Trato de tener bien claro cómo sucedieron las cosas, aunque saberlo sea siempre tan difícil. El recuerdo que no olvido es la extraña sensación mientras golpeaba al caballero, de que mi cuerpo no me pertenecía, que no podría ya nunca más parar de darle con el mazo en la cabeza. ¿Le importaría eso a quienes me juzgarían? ¿Querrían saber quién soy, cómo he vivido? ¿O sería un único acto, el que me parece más ajeno a mi naturaleza, el que daría cuenta de mi vida?

Llegamos a la fortaleza donde están los calabozos, demasiado pronto. Una carreta es jalada por un hombre casi sin fuerzas. Su carga sólo aparece como una sombra, pero sé que es un cadáver. Un niño con una larga túnica rosada corre a la par, con un rostro que no podré ya nunca borrar. Temo que me separen de mi madre. Aun cuando lo disimulo, el miedo me carcome las entrañas.

Al llegar, nos hacen descender con el mismo trato grosero que según los guardias merecemos. Nos conducen a empujones por largos laberintos oscuros. Abren una pequeña celda envuelta en las tinieblas y, para mi gran alivio, nos permiten estar juntos. Los calabozos están llenos.

Pasan varios días ¿o sería una larga noche? Sin más luz que la de una leve antorcha que llena de humo el pasillo, perdemos noción de si amanece o anochece. Me siento sumergido en un tiempo interminable que no se puede partir en pequeños tiempos como en la vida cotidiana. El tiempo de dormir, el tiempo de levantarse, de salir al campo, de comer... Este largo tiempo, este tiempo infinito es una condena anticipada.

Algunas cosas nos distraen: las ratas que corren y de las cuales tenemos que cuidarnos, pues el horror sucedido en Rennes hace unos años no permite olvido. La peste de bubas fue horrenda. Los letrados dijeron que la ocasionó una infestación de ratas. Los clérigos los persiguieron por herejes. Ningún mal llega a la tierra si no es por la mano justiciera del Todopoderoso.

Un estudiante perseguido se refugió en nuestra casa. Techo y comida a cambio de que me enseñara algunas letras. Estuvo dos años y medio. Me educó en más de una cosa. Contaba historias muy divertidas sobre la vida de dos gigantes: Gargantúa y Pantagruel. Era su gran obra, decía siempre, aunque también su gran mal, pues a causa de ellas vivía errante y perseguido.

Tuvo que huir cuando los nobles asaltaron nuestra casa. Se llevaron a mi padre a la fuerza para la guerra de las Cien Rosas. Los soldados infames del marqués de Rouen ultrajaron a mi madre y quemaron nuestra casa. Desde entonces, vivimos como podemos en la choza que en tiempos mejores abrigaba a las vacas. Sufrimos en silencio, sin saber nada del destino de mi padre.

Los comentarios de los guardias hablan de una sola cosa: una banda de delincuentes fue capturada. Asaltaban en los caminos a las caravanas de comerciantes. Su condena será perder la mano derecha. La marca que señala a los ladrones.

Cuando llega el día del juicio me siento menos preparado que nunca. La larga estancia en el calabozo me ha carcomido la cabeza y me ha entumecido la lengua, las dos únicas armas con las que cuento para salvar el pellejo.

Los acusados llenan la sala. Mi madre y yo nos sentamos al lado de los otros miserables que esperan justicia. Las trompetas resuenan para anunciar la entrada del magistrado que ha de juzgarnos, un doctor de la ley.

Para sorpresa nuestra, se trata de una mujer: alta señora de rostro anguloso, con mirada de fuego. Le colocan la corona dorada, pues todos deben saber que actúa en nombre del rey y por tanto, con beneplácito divino. También le entregan la espada, símbolo de la ley.

Antes que el nuestro, se ventilan casos menos graves: comerciantes que alteran medidas, inquilinos que se quejan contra los dueños de casa, deudas no honradas.

Me estremezco cuando llaman por su nombre a mi madre. Ella será sentenciada antes que yo. Un auxiliar del tribunal lee en voz alta el crimen del cual se le acusa: encubrir a un criminal que resulto ser yo, su hijo.

Con la voz quebrada por el llanto, trata de explicar, pero sus palabras son confusas y su pensamiento no logra armar una sola razón con fundamento. Tiemblo por ella.

La jueza la mira con abulia y luego de una pausa declara:

—Es la madre, su crimen es de humana naturaleza. Cincuenta azotes bastarán para ejemplo del populacho.

La condena parece magnánima, pero cincuenta azotes son suficientes para quebrantar a un hombre fornido. Tengo náusea.

A continuación es mi turno. Empiezo con mal pie, pues al verme la señora exclama:

—Vaya, vaya... tenía curiosidad por conocer al mozuelo capaz de darle semejante muerte al joven conde de Tourbelle. ¿Puedes dar razón de tan grave acción?

Me siento traspasado por sus ojos y emito un balbuceo que nadie puede entender.

—No te escucho. Ésta es la única oportunidad que tienes de defenderte. Úsala, la espada de la ley puede cortarte el cuello.

Reuniendo toda mi voluntad digo con claridad y muy recio:

—Él cortó una flor del jardín de mi madre.

Un murmullo recorre la sala. La magistrada me mira con mirada perpleja que parece poner fin a su largo aburrimiento.

—¿Por un acto tan sencillo terminaste con la vida de un noble señor?

—Señora magistrada, le ruego disculpas, no hay sobre la faz de esta tierra un sólo acto huma-

no que sea sencillo, al menos esa fue la enseñanza de maese Rabelais quien tuvo a bien
tutelar la poca enseñanza que tengo, y él, a su
vez, lo supo por boca de los filósofos, cono-
cedores del alma de los hombres.

–Ah... me desafías con el conocimiento de
los filósofos... deberías saber que la única sabiduría libre de mancha es la sagrada palabra de
Dios, según la conocemos por boca de nuestra
madre Iglesia. Los filósofos serán condenados
al fuego de la Santa Inquisición, si no cuidan sus
lenguas. Contesta a mi pregunta, que estamos
para hacer pronta justicia.

–Como os decía... el señor de Tourbelle
cortó una flor del jardín de mi madre. Entró a
nuestra casa, pisoteó el jardín, cortó la flor sin
pedir permiso... cuando vi la mirada de mi madre, una incontenible rabia me empujó a golpear
al noble, hasta que quedó inmóvil.

–¿Una simple flor fue entonces la razón de tu
crimen?

El joven calla y piensa.

–No... fue otra cosa muy vieja. Un nudo en
el pecho que vengo cargando desde el naci-
miento. Desde niño vi a mi pueblo sufrir. Llegó
el tiempo en que aquel sufrimiento que nos
parecía ajeno, nos tocó vivirlo de cerca. Mi
padre, al igual que muchos otros, fue arrastrado
a la guerra por el marqués de Rouen. Nunca lo
volvimos a ver. Ante mis ojos, deshonraron a mi
madre. Quemaron nuestra casa y los cultivos.
De esos hechos horribles hará unos años. Nos
habían dejado en paz para vivir, simplemente,

en medio de nuestra miseria. No pedíamos más. Eso, hasta el día en que el señor Tourbelle puso de nuevo pie sobre nuestro pequeño pedazo de tierra. Su rostro era el rostro de todos los que lo antecedieron. Ante tantas penalidades y luego de haber recibido el privilegio de permanecer vivo, juré defender nuestra casa. Soy un hombre de paz. Mi acto, no fue un acto vicioso. Fue un acto de justicia.

—¿No sabes, joven necio, que la justicia no está en manos de los hombres? La justicia corresponde, por mandato divino, al rey.

—El rey no le hace justicia a los pobres o a los simples.

—No tendrás la osadía de pretender alterar el orden natural de las cosas. La ley la pronuncia quien ostenta el poder. Es así por divino mandato.

—Perdone, señora, pero no creo que el divino mandato o el orden natural de las cosas niegue a los simples o a los pobres el derecho a la vida o la paz. Triste sería nuestra existencia si el abuso sobre nuestra humana naturaleza, por parte de los poderosos, no provocara en nuestro ánimo una justa ira.

—No permitiré que tu insolencia perturbe esta sala. Una palabra más fuera de tono y saldrás por la puerta que lleva al cadalso.

—Imploro misericordia.

En ese momento preciso, uno de los sabios del reino se acerca al oído de la magistrada. Ella lo escucha con entera atención.

—¿Eres hijo de Pierre Lafourchette?, me pregunta y siento cómo un frío sudor me recorre la espalda. Es el nombre de mi padre saliendo de sus labios.

Sí, respondo con una ansiedad que me carcome los huesos.

—Ese hombre cobarde se negó a pelear contra los enemigos del marqués de Rouen, alegando como tú, ser un hombre de paz. No hay condena de muerte para los cobardes. Su destino es la cadena perpetua, es decir, pena de cárcel hasta que la mazmorra coma sus huesos.

Por un momento la magistrada calló y pensé en mi padre. Estaba vivo. Durante tanto tiempo lo habíamos llorado, dando por cierta su muerte.

Cuando ella volvió a hablar, lo hizo en el tono más grave:

—Eres menor. La ley permite que los padres carguen con las penas de los hijos mozos, si éstos manifiestan no ser responsables de sus propios actos. Calló por un momento. Cuando volvió a hablar, sus solemnes palabras parecían ser pronunciadas por el mismo Dios:

—La gracia del rey te permite declarar que no fuiste responsable de tus actos debido a tu mocedad y falta de criterio. Tu padre cargará con la culpa por tus acciones y será ejecutado. En nombre del rey demando que contestes: ¿Fuiste responsable de la muerte del señor de Tourbelle, o apelas a la misericordia por virtud de tu mocedad?

Un peso mayor que el de la espada sobre mi cabeza, cayó sobre mi conciencia. Tenía absoluto poder de decidir. El pavor de la ejecución me dominaba. Me parecía insoportable pensar que me cortaran la cabeza. La voz de la cobardía hablaba: tu padre ya está condenado... la cadena perpetua en una mazmorra no puede ser mejor que la muerte. Eres joven... tienes derecho a la vida. Toma la oportunidad que viene de la propia boca de Dios.

La náusea se apoderó de mi cuerpo y me obligó a vomitar una bilis amarga en medio del recinto, rompiendo con mis arcadas el silencio de la sala. Este humano acto no pareció del agrado de la señora magistrada quien, con asco, tapó de inmediato sus narinas con un delicado pañuelo.

Por encima del ruido abrumador que clamaba desde mis entrañas, una voz clara y distinta me recordó que no existe nada más importante en este mundo de dudoso valor que un hombre de elevada conciencia. Trasladar la responsabilidad de mis actos a las espaldas de mi padre me condenaría a algo peor que la muerte.

A pesar del sudor que bañaba todo mi cuerpo y del temblor que sacudía mi carne, respondí con la voz más clara y audible que alguna vez rompió el silencio de aquella triste sala:

—Mi maestro me enseñó que soy hombre hecho a la semejanza de Dios. Aprendí que ello exige que eleve mi conciencia. Soy responsable de mis actos y si la ley de los hombres reclama mi vida como pago por mis deudas terrenas, estoy presto. Pido que mi ejecución se realice sin dilaciones.

—Entonces, dijo la magistrada, sea tu voluntad: te condeno a la pena de muerte. El verdugo cortará tu cabeza tal y como lo manda la ley. Pero antes, deberás responder ante este Tribunal de Justicia: ¿Te arrepientes de tus actos para salvación de tu alma?

–*Fais ce que voudras,* respondí con entera convicción.

–¿Qué dices?, no entiendo tu jerigonza.

–Son las palabras del ser más sabio que conocí. Invitan a todo hombre que se precie de serlo a confiar en su naturaleza y su arbitrio. Conozco mejor que ninguno en esta corte las razones del acto por el cual he sido condenado. La justicia divina está inscrita en mi corazón antes que en los libros de la ley. No he de arrepentirme de nada que haya hecho bajo el impulso de sus deseos, pues allí no ejerce su dominio el rey.

Al terminar de pronunciar esas palabras, los guardias se abalanzaron sobre mí y a empellones me lanzaron hacia la puerta.

XII
EL COLGADO

Entonces, respondió Jehová a Job desde un torbellino, y dijo: ¿Quién es ese que oscurece el consejo con palabras sin sabiduría?

¿Dónde estabas tú cuando yo fundaba la tierra?

Libro de Job, 38 1-4

Amaneció, no podía moverme. Pronto me di cuenta de que no se trataba de uno de esos sueños que tengo a menudo y que nadie de quienes conozco recuerda haber tenido jamás: estoy despierto, pero mi cuerpo duerme y no lo puedo mover, por mucho que, angustiosamente, haga el intento. Me concentro, pero nada pasa, el cuerpo parece de roca. Tengo el gusto amargo que dejan los sedantes. Para estas alturas, me es más que familiar. No soy de los enfermos más dóciles de esta pocilga.

No siendo la hormona del sueño la que falla esta mañana, me percato, poco a poco, en la medida que mi mente pastosa puede avanzar a rastras para acercarse a un atisbo de conciencia, que estoy atado a la cama con una camisa de fuerza.

La memoria regresa con su dolor sofocante. Muchos en este lugar tratan de matarla cortándose la piel a filo de navaja. Lo cual es, créanme, la administración de una personal misericordia.

La imagen que asalta mi mente me arranca escalofríos. En la oscuridad de la bodega de suministros –y nadie se explica cómo pudo llegar hasta allí– en lo más alto del techo que es muy alto –y nadie se explica cómo pudo llegar hasta allí– Marcos gritaba. Los que pudimos escucharlo, nos acercamos para saber lo que acontecía. Nadie entendía lo que quería decir: Dame un leproso para abrazar... Dame un leproso para abrazar.

La críptica frase no tenía ningún sentido para quienes observaban la escena. Tampoco entendían a quién hablaba el suicida. En tremenda crisis, el hombre parecía esperar por una respuesta. Ante el silencio de su interlocutor ausente, dudó un momento y a continuación se lanzó al vacío con el alambre al cuello. Murió ahorcado. Nadie había podido comprender lo que pasó, excepto yo.

Soy homosexual, adicto y escritor. Como pueden ver, me identifico con muchos famosos, aunque mi nombre no haya salido nunca de las sombras.

Marcos pasaba por uno de sus buenos periodos, y cuando digo buenos, me refiero a que sus deseos suicidas estaban bloqueados por los narcóticos que le suministraban en dosis elefantiásicas y que el aturdimiento era mayor que su pasión por morir. Como siempre, es cosa de perspectivas.

Cuando estaba tranquilo o, mejor dicho, tranquilizado, era posible compartir con él ratos hasta cierto punto humanos. En uno de esos momentos, le leí un cuento de Truman Capote: un desahuciado de la vida recuerda la historia de un hombre terrible que luego de derramar mucha sangre y cometer infinitas crueldades, se postra ante Dios y decide abrazar la fe. Todo lo que antes fue brutalidad se convierte en caridad y entrega al prójimo. Pero como Dios es suspicaz de estos cambios tan radicales, decide cerciorarse antes de garantizarle el paraíso. Baja a la tierra en forma de un leproso. Se acerca al converso y le pide que le dé de comer. Por supuesto, el hombre de inmediato se quita el pan de la boca. Le pide que lo cubra y de igual manera, pronto se quita su propia saya y se la coloca en los hombros. Como prueba final, el dios leproso le pide al converso que lo abrace.

Demás está decir que el leproso, aparte de ser terriblemente desagradable a la vista, olía muy mal. Contra todos los pronósticos, el converso lo abraza, sin dudar un segundo. En ese momento, el hombre caído se transforma en santo, consigue la redención total, la salvación, la liberación de la perpetua condena.

Marcos quedó estupefacto con la historia. Me preguntó si yo creía que fuera posible que algo así sucediera. Era difícil darle una respuesta, pues la interrogante no era cosa ligera de dilucidar. ¿Creía yo en Dios? ¿En la bondad? ¿En los milagros? ¿No era precisamente no saber qué responder frente a esas cosas y otras fundamentales, lo que me había traído hasta aquí?

La indecisión era mi terreno personal de acomodo. Aún con mi enfermedad mental no terminaba de decidirme: no soportaba la idea de abrazar la *normalidad* de la existencia, es decir, curarme. ¿Para qué? Mi experiencia vital había estado llena de una agobiante hipocresía, de una helada indiferencia. Tampoco tenía el valor de lanzarme al abrazo de lo que se me mostraba como más veraz: lo ilógico, el caos, la profunda y misteriosa locura...

Mi enfermedad era, pues, una incurable falta de fe.

Vacilando en medio de los dos extremos, me vi tan colgado como el pobre Marcos cuando oscilaba desde el techo como un péndulo, solamente que yo no colgaba del cuello, pues tampoco me decidía a morir. Colgaba con el cuerpo invertido, como un redentor al revés.

Con Marcos opté por la condescendencia: le dije que sí, que creía en la historia. Pensé que quizá la esperanza en la ayuda extraterrena le permitiría sobrellevar mejor su miseria.

Podía fácilmente haber caído en la *trampa para bobos* (como acostumbro llamarla) que me tendía el destino: sentirme culpable de su muerte por haberle dicho lo que pudiera considerarse una mentira. Pero no fue así.

Cuando oí sus gritos, cuando lo vi colgado, una ciega rabia me hizo perder el control; pero este desborde no era por él sino por mí. Muy dentro de mi corazón (si es que el corazón tiene algo que ver con esto), deseaba que existiera un Dios que, ante la necesidad de liberación de un hombre, no dudara un segundo y bajara hecho un leproso al cual abrazar como prueba de que algo valía dentro de este hombre que merecía ser salvado.

Ante el mutismo divino, perdí el asidero de frialdad donde me escondo. Me encendí como una antorcha. El sanatorio se volvió un pandemonio, pues los ataques de locura son contagiosos.

Así llegué aquí, a esta cama, donde todavía me detienen a la fuerza, atado con cinturones y hebillas, movidos por el miedo de que la parte indomable de mí ser pueda volver este día a liberar el sentimiento de que, a pesar de todo, todavía estoy vivo por dentro.

XIII
La Muerte

La muerte es el cazador y está siempre a la izquierda.

Carlos Castaneda,
Viaje a Ixtlán

El atardecer pinta de púrpura el cielo, la tierra y el mar. Sobre todo el mar, que bajo esa luz parece una extraña gema revolviéndose incansable.

Las olas lamen la playa. Dejan tras de sí una estela de brisa y espuma. Provocan, cada vez, el alborozo del niño que corre, yendo y viniendo: delante de cada ola que viene, detrás de cada ola que se va. Sus gritos infantiles son el único sonido que acompaña el bramido del mar rompiendo el silencio del ocaso.

Las otras personas que lo acompañan, no son a esta hora más que siluetas enredadas a lo lejos. Absortas en la magnificencia del espectáculo que presencian, no dicen palabra, no se mueven. Habían llegado a la playa en una pequeña embarcación que dejaron anclada a la orilla de un estero que los separa de tierra firme. La noche empieza a tender su oscuridad sobre la tierra, arrinconando las luces del atardecer que se van tornando doradas.

En el estero, la corriente acarrea como barquitos de juguete palos, cocos y otras basuras. La corriente arrecia. Las basuras parecen sorbidas por un gigante. Cuando las aguas del estero se encuentran con el mar, se elevan en una gran cresta y todo vuela por los aires.

Las personas en la playa van saliendo de su arrobamiento como de un ensueño. Se estiran, recogen sus cosas. Se apaga un cigarrillo en la arena. Comprendiendo que la noche avanza, se incorporan disponiéndose a partir.

Caminan con despreocupación al estero. Conversan, ríen. Al llegar, suben a la embarcación. Se oye el ruido del motor y la nave atraviesa a lo ancho, hasta que se apaga con sordo estertor. Sin su impulso, se convierte en un barquito de juguete más, a disposición de la corriente.

Las siluetas se afanan. Una trata de encenderlo nuevamente, otra se agacha buscando algo en los costados. Alguien más se lanza al agua, confiando quizá poder ganar tierra firme por su cuenta. Mientras, la embarcación se encamina directamente a la boca del gigante.

Al percatarme de que vamos a la deriva, en un primer impulso, aprieto contra mí a Javier. Se me agolpan los pensamientos y ya no razono. Repentinamente recuerdo que entre el desorden de toallas están los salvavidas. Los busco arrebatadamente, agradecida de mi inusual prevención.

Estoy asustada, pero todo sucede tan rápidamente que no puedo pensar. Quiero ayudar, pero no sé cómo. Pregunto tonterías. Nadie responde. Se han encerrado en su propia desesperación. Luis persiste inútilmente en intentar encender el motor y Marta escarba buscando un remo. Me inclino a un costado tratando de imitarla y sólo logro encontrar una boya a la cual me aferro, un instante antes de que la embarcación vuele por los aires, al igual que todos nosotros.

Siento una horrible sensación al ser sacudida como una muñeca de trapo, y, al caer, algo golpea mi cuerpo antes de hundirme muy adentro del agua salada que me quema la nariz, la garganta.

Por un momento no sé de mí, todo es desorden. Un intenso dolor en el hombro es la primera noción clara que tengo de encontrarme viva.

Me angustia no ver a Javier y se renueva la sensación de sentirlo deslizándose de mi brazo. Trato de buscarlo mientras el oleaje me sacude, me cubre, me eleva. El agua está llena de basura que me lastima el cuerpo. Trago bocanadas de agua sucia con pedazos de raíces o madera.

Después de un siglo de angustia, entre toda la basura noto un bulto apenas mayor que los otros: su pequeña cabeza flotando en el agua. No sé con qué fuerzas logro llegar a él. Me percato que gritaba llamándome. No había podido escucharlo. Lo abrazo con fuerza, sintiendo nuevamente el dolor del hombro hiriéndome como puñal.

Trato de encontrar a mis compañeros y no veo a ninguno. Busco la embarcación que a lo lejos diviso volteada, alejándose rápidamente. Me abandono a la fuerza de la corriente que nos arrastra. Nos revolvemos con toda la basura y el espumarajo sucio, atraídos irremediablemente hacia el centro del oleaje donde una fuerza salvaje nos sacude.

Tengo que mantener al niño fuera del agua. Lo alzo penosamente a cada momento, cuando el agua se nos abalanza. No puedo sostenerlo y se escapa de mi abrazo. Me hundo muchas veces, aterrorizada ante esta fuerza que me revuelca y no sé más dónde es arriba o dónde es abajo. Todo para sacarme nuevamente, agotada, lastimada, ahogada casi y luego, volverme a sumergir, como un juguete en manos de un demente.

La corriente nos empuja lejos de este lugar caótico. Penosamente, logro acercarme a Javier que con un hilo de voz me llama.

El primer impulso es nadar hacia la playa, salir de aquí, pero el cansancio del esfuerzo anterior me agobia. Me recuesto tratando de recuperar el aliento. Tener cerca de mí al niño es un alivio. Su cuerpo pequeño a mi lado duele.

No quiero saberlo aquí conmigo, compartiendo este terrible momento.

Ha oscurecido mas es una noche clara. Mis pensamientos se desparraman: ¿habrán notado ya nuestra ausencia en la casa?, recuerdos recortados de medidas de salvamento, repeticiones de frases manidas que no apuntan a ninguna parte −"alguien tiene que venir por nosotros", "lo peor es el agotamiento", "el frío puede matar"− se suman a las dudas ¿debería nadar?, ¿será mejor guardar las fuerzas?, ¿esperar a que vengan a salvarnos? Quiero parar esa máquina reiterativa en su carrera desquiciada.

La corriente nos arrastra mar adentro. Aunque aparenta calma, su fuerza implacable, subterránea nos empuja sin esfuerzo cada vez más lejos, cada vez más dentro. Ante mis ojos, las luces de la playa se hacen pequeñas. El mar es inmenso.

Mi corazón se agita con un miedo que trastrueca todo lo que me rodea en siniestro. El cielo despejado, la gran luna que nos baña con su luz incierta y el mar en calma, son parte del engañoso mundo de espanto donde me siento aprisionada, envuelta en la luz espectral de una pesadilla.

Hago el intento de nadar y me detiene en seco un agudo dolor en el hombro. El golpe que recibí al caer se hace recordar. Trato de superar el dolor y, penosamente, me enfrento a la corriente. Lucho contra ella, jalando a Javier. No sé cuánto dura este esfuerzo, sólo puedo decir que dura hasta el límite de mis fuerzas. Me recuesto desfallecida, resignada a la corriente. Deberé esperar. Quizá alguien avisó del accidente. Quizá ya rescataron a los otros.

Mi cabeza se escapa... Es una nave a la deriva que trato de anclar. El ancla vuela por los aires. Cae al agua y se hunde despacio, girando, hasta reposar en una arena demasiado suelta. Lentamente va cediendo y la nave se va... se va.

Bruscamente recuerdo a Javier. No hace ningún ruido, permanece inmóvil, dándome la espalda. Me asusto ante su silencio. Su cabeza reposa de lado, caída, abandonada. Me pongo nerviosa. Siento que una garra me aprieta el estómago. Creo que voy a vomitar. Reúno toda mi fortaleza para jalarlo de la correa del salvavidas que sostengo. Una tremenda paz me invade al ver que se ha quedado dormido sobre el ancho cuello del salvavidas. Al ver su rostro, mis ojos se llenan de lágrimas.

Tontamente recuerdo aquello que leí el otro día en relación con las víctimas de los asesinos que se someten voluntariamente a su victimario, sumisas ante una irresistible fascinación. Síndrome de Estocolmo. ¿Me resulta seductor entregarme a este asesino?

Mi hijo se ve tan pequeño en medio de esta inmensidad. Tengo que ser fuerte, me repito con obstinación. No me dejaré avasallar. La corriente nos arrastra. ¿Debería hacer algo para impedir que nos lleve tan lejos, tan fuera del alcance?

Cuando lo intento, constato que no puedo mover el brazo. La hinchazón es monstruosa. Trato de avanzar con el impulso de mis piernas. La corriente me arrastra de lado. Mi respiración se entrecorta. El corazón me sale del pecho. El esfuerzo me excede. Me recuesto sobre la espalda y cierro los ojos, agitada.

El niño corre en un prado verde con una pelota... corre torpemente, moviendo un bracito exageradamente de atrás hacia delante... me hace sonreír... Siempre fue un poco torpe para moverse y yo quería cuidarlo de su fragilidad. Hace tanto frío. Su risa llena el espacio inerte. Sus mejillas coloradas, frescas, rosas recién cortadas. Al acercarse, sus ojos diáfanos y el húmedo beso me tocan. La dulzura de ese contacto se extiende, se prolonga hasta el límite del dolor. Viene en oleadas. Cada vez que llega invade todo mi ser. No tiene localización. Es como si todo mi cuerpo participara igual de la horrible sensación... cuando llega pienso en morir... grito, aprieto los puños y afeo la cara en una mueca. Cuando se va, me siento agotada totalmente, exprimida. Empieza nuevamente. Me erizo de terror. La peor tortura, es saber que regresará sin tregua. Una vez, otra vez y otra. Eso parece inexorable.

El niño nació y todo terminó de repente. No quedaba ni el recuerdo de la tortura cuando lo pusieron húmedo aún sobre mi vientre. No lloró al nacer. Veía todo a su alrededor con gran asombro. Luego sí lloró. Lloró incesantemente. No podía dormir porque oía a mi hijo llorando. No paraba de llorar.

¡Dios mío!

Solté al niño. ¡Cómo pudo apartarse tanto! El dolor del hombro se ha vuelto insoportable. Tengo que alcanzarlo.

—Javier: no llorés, no pasa nada.

Qué difícil avanzar. Duele tanto. Al fin, mi niño. Me como sus lágrimas a besos. Está amoratado, lloroso, pálido como una visión. Hay pavor en sus ojos y una súplica. Una súplica que soy impotente para atender.

¿Qué pasará? ¿Por qué tanto silencio? ¿Por qué nadie viene a buscarnos?

—¿Mami, por qué el mar se ve tan negro?

—Es que sirve de espejo a las estrellitas. ¿Ves cómo se miran en él?

¿Qué voy a hacer? ¿Qué voy a hacer? ¿Qué voy a hacer?

—Pero no me gusta. No veo qué hay abajo.

—No hay por qué temer. Sólo hay delfines plateados que juegan por las noches con la luna. Si tenemos suerte los veremos saltar encima del agua. Qué tal si cantamos algo para distraernos. ¿Quieres?

Las lágrimas corren ahora libremente por mi rostro.

La niña sale corriendo hacia los brazos de una señora rubia que la alza y la sienta en su regazo... la madre tararea en un susurro, mientras la abraza acariciándole el cabello, la cara, las piernas... La niña comienza a dormirse en medio de la suavidad de ese abrazo... no puede tener los ojos abiertos, se duerme... la canción llena todo... Dando, dando de vueltas los caballitos del carrusel, giran, giran, giran...

¡Hundí la cabeza en el agua! Me trastorno al sentir el ardor del agua salada en mi garganta.

¡Socorro! ¡Ayúúúúúúúdenme! Por favor, lo suplico, ayúdenme. Alguien que me oiga, por favor, no nos dejen solos.

Mis gritos golpean la noche, que luego, imperturbable, vuelve a su silencio total. ¡Dios mío! ¡Dios mío! ¡Ayúdame!.... No recuerdo ninguna oración. Mi mente se hunde en la confusión. No puedo pensar.

Nado... nado... nado... quiero avanzar hasta la orilla, quiero doblegar la corriente con mis brazos, con la espalda, con las piernas. Quiero arrancar centímetros de distancia al adversario sin forma, sin cara. Jalo al niño con el brazo hinchado, procuro no sentirlo, olvido lo que duele. Así, creyendo profundamente que puedo hacerlo, o tratando de convencerme, lucho hasta que el calambre me paraliza con su ardor eléctrico.

Al pasar el dolor, la cólera me arrebata. ¡Dios mío! ¿Dónde estás? ¿Puedes vernos? ¡Míranos!

Oigo mi voz, sorprendida ante lo fuera de lugar que se escucha. Enmudezco. Mi asombro me lleva de la mano a un instantáneo esclarecimiento. Logro vislumbrar otro dominio, esencial, tremendo. Real. Me estremezco ante la honda desnudez de la vida que se me revela.

Entiendo que mi voz, mis palabras, llevan entretejido un mundo entero de ficciones, disfraces, pequeñas certidumbres que, sin sustento, se desploman irremediablemente en este tiempo y lugar. Con un recién estrenado ensanchamiento, contemplo mientras dura, esta visión. El momento es fugaz y se escapa como llegó.

Vuelvo a ser terrena. Sólo queda Javier mirándome con sus grandes ojos. Trato de confortarlo con mi abrazo largo, mudos los dos. Se nos acabaron las palabras.

Estoy cansada. Sólo quiero cerrar los ojos. Quiero dormir. Quiero dormir, pero no puedo. No puedo dormir. No puedo dormir...

Ya empecé a subir las escaleras... son muchas... subo no sé cuántas hasta que las piernas me duelen... tengo calambres por todo el cuerpo... no puedo moverme más... me arrastro. Llevo en el cuerpo un peso inmenso... soy una oruga que se mueve penosamente. Allí está una puerta cerrada. Habrá que golpear. Con el último impulso que logro construir, golpeo... pero nadie abre... nadie contesta... Grito entonces... la puerta sigue inmutable y yo sigo irremediablemente sola. Transcurre una eternidad bajo la intemperie, en medio de la nada. A su propio tiempo, la puerta se abre y yo atravieso sin esfuerzo alguno el umbral.

Creo que vi por última vez al niño flotando lejos de mí. Me asombro de no angustiarme. Ahora todo parece una película. Esa visión y luego la luna a través del agua, quebrándose, una y otra vez, en mil pedazos.

XIV
La Templanza

En el olvidado lugar de las cremaciones fue a dar Palden Lahmo para establecerse entre los muertos, con su piel negra como carbón y sus cabellos ondeando de manera terrible.

Fue entonces que Avalokiteshvara la llamó para encomendarle una misión: servir de escudo a quienes siguen la senda de la compasión. "¿Me confías a estos hijos de la luz después de mis hechos horrendos preguntó Palden Lahmo. "A quién sino a ti respondió el Buda.

Leyenda tibetana

El niño había sido encontrado en la playa muerto. La dolorosa tarea de recoger el cadáver fue angustiosa para su abuelo, un anciano que, ese mismo día, había recibido la noticia de que el cuerpo de la madre del niño, su nuera, no sería ya recuperado. Los expertos aseguraban que las corrientes marinas lo habrían arrastrado lejos, muy lejos.

El niño se despierta y descubre que la mañana es luminosa. Las mañanas luminosas le hacen sentir cosquillas en todo el cuerpo y no piensa sino en salir, de la cama, de la casa, del jardín, con una alegría incontenible. Va en busca de un lugar abierto donde correr y sentir las fuerzas de su cuerpo. En campo abierto se siente a sus anchas. En soledad puede inventar mundos, descubrir cosas que requieren atención, como escarabajos tornasoles, lindas ranas pardas o ver de cerca cómo se mueven las alas rapidísimas de algún colibrí.

La familia decide que los arreglos funerarios serán sencillos. El agotamiento que los aplasta desde hace dos días y dos noches, no admite nada más. Están secos. El teléfono no deja de sonar con las sufridas condolencias. Todos dicen lo mismo: lo sucedido es una tragedia. El abuelo carga a su nieto por última vez. El peso de su cuerpo hace que las lágrimas corran por su rostro, él, que nunca había llorado. Pensó en que hace apenas dos días, el niño dormía entre sus piernas y una rabiosa rebeldía lo petrifica. No quiere entregarlo al pequeño féretro azul.

Después de una larga caminata, el calor hace que el niño recuerde el río. Oír su rumor era como escuchar un encanto, pues había soñado un día que los ríos eran morada de los magos. Cuando llega a la ribera, se fija en un resplandor desconocido. Al acercarse más, se fija que el resplandor tiene alas. Nunca vio alas tan grandes. Ni siquiera las de los flamingos. Ni siquiera las de los avestruces.

El féretro azul sale de la casa en hombros de los familiares más cercanos. Lo depositan en la carroza funeraria. Más tarde, en un salón frío, rodeado de cirios, las visitas sociales se vuelven una dura carga. El abuelo prefiere no hablar. Se ha quedado sin palabras. Las mil flores que han llegado, llenan el recinto de perfumes.

–¿Eres un ángel?, pregunta el niño.

–Eso parece, contesta el ser extraordinario, mientras no cesa de verter líquido de un copón a otro, los que sostiene uno en cada mano.

–¿Y qué es eso que viertes en las copas?,

inquiere el niño mientras se sienta en el suelo dispuesto a conversar.

—Es el agua de este río, el río de la vida.

—Ah... El niño se queda callado un momento, distraído por el pie del ángel que, metido en el río, se pone morado.

El abuelo siente un gran alivio cuando llega la hora de la misa. Mientras los asistentes se distraen con los detalles del rito, él divaga su mente. Recuerda a su niño vivo. Mira sus manos viejas y todo le parece absurdo. Él cuya vida está terminada tiene que enterrar a su nieto. ¿Quién lo puede entender?

—¿Y para qué viertes el agua de una copa a otra? ¿Sirve para algo? Ante el silencio del ángel, añade aburrido:

—¿No te cansas de hacer algo que no sirve para nada?

A su propio tiempo, el ángel responde:

—Es para mezclar los extremos. La respuesta es todo un misterio.

—¿Mezclar los extremos?

—Sí... ya sabes: amor, desamor, justicia, injusticia, misericordia, severidad, dolor, alegría, luz, oscuridad...

El niño se preocupa seriamente por las palabras del ángel. Se preocupa tanto que deja escapar a la oruga amarilla que le había costado tanto trabajo atrapar, pues estaba muy bien escondida entre las matas de lirios.

—No creo que lo que haces sea bueno.

—Ah, ¿no?

—Claro que no. ¿No ves que si mezclas las cosas buenas con las malas, arruinarás las buenas para siempre...? Creo que debes parar.

—Si yo llegara a parar, dijo el ángel con un acento terrible, terminaría la belleza.

—No entiendo..., murmuró desconfiado el niño.

—La belleza pende del tenue hilo del equilibrio, por ello es preciso mezclar los extremos. Repitió el ángel, sin que su voz pudiera escucharse. Solamente resonaba dentro del niño, mientras le hacía imaginar una delicada araña colgando de un hilo de plata. El tono del ángel y esta voz interior que no conocía, le hicieron temblar. El niño se sintió de repente muy solo y triste. Sentía ganas de llorar.

El rito había terminado. El abuelo se sentía de repente muy solo y triste. Sentía ganas de llorar. El nudo en su garganta obedecía a que tendría todavía una amargura más que tragar: llevar al niño al cementerio, meterlo en un hoyo oscuro. Él siempre protegió al niño de la oscuridad. La muerte le pareció implacable.

El ángel hizo algo insólito: mientras una de sus formas seguía incansablemente mezclando las copas, la otra abrazó al niño y lo consoló.

No tengas temor, le dijo sin pronunciar palabra. Y mientras lo abrazaba, el niño comprendió que la separación de las cosas era cuestión que no tenía cabida en este lugar.

–¿Dónde estoy?, preguntó el niño.

Cuando llegaron al cementerio, la fosa estaba lista para aceptar el féretro. Con unos lazos lo bajaron al interior, mientras el cura echaba agua bendita y su hijo mayor leía, con voz entrecortada, un poema que él no escuchó. Sólo podía pensar en la muerte. Sin consuelo, abandonó el cementerio, sintiendo que una poderosa fuerza lo obligaba a deslizarse a un abandono abismal. Supo que nada podía contra la fuerza oscura que lo tragaba. Lo sucedido era irreparable. Nunca podría recuperarse.

–¿Dónde estoy? repitió el niño al ángel que antes, distraído, no respondió.

–Estás en camino a la totalidad, dijo el ángel con suavidad.

–Pero, no quiero ir...– pronunció el niño estas palabras con cierta angustia, pues empezaban a llegarle leves visiones de sus seres amados, recuerdos de su hogar.

–¿Por qué lloran?, inquirió inquieto.

–No le pongas atención, dijo el ángel, se trata de la muerte de un rey.

–¿Y por qué ha muerto?, quería saber el niño.

–Ya no importa, pues allá donde brilla el sol, coronarán a un nuevo rey.

–¿Puedo ir? Se entusiasmó el niño, pues nunca había conocido a ningún monarca. El ángel sonrió y una cálida luz iluminó todo. Una dicha silenciosa e invisible lo invadió. El ángel le dijo:

–Yo te llevaré.

Años más tarde, mientras visitaba la tumba de su nieto, el abuelo se sorprendió al recordar el amargo día de su entierro. Reflexionó sobre la muerte, aquel visitante inesperado. Llegó y trajo consigo vientos tormentosos que barrieron con la casa.

Recordó que un día su propio deseo de morir era tan fuerte, que creyó que no podría recuperarse. La sangrante herida se convirtió en cicatriz. La cicatriz floreció en nuevas maneras de comprender su existencia. En el fondo del oscuro y doloroso abismo, algo aguardaba por él, una dulzura extraña. La mezcla infinita de las cosas había producido el reiterativo acontecimiento: la fealdad contiene la belleza, la belleza a la fealdad.

XV
El Diablo

Y aquellas caídas... y aquellas caí-
das eran las que comenzaban a hacer
su vida.

Clarice Lispector

Hoy, después de verte, mi explicación de las cosas quedó desarmada otra vez. Desarmada, luego de tantos meses de estar poniendo cada faceta de ella en su lugar... Es decir, el lugar que hiciera posible colocar las otras, de tal forma que la realidad apareciera frente a mis ojos en su magnífica desnudez.

El proceso fue muy complicado y, mientras lo realizaba, hubo días en que pasé tan ida y taciturna que me perdía en cualquier parte, sin saber qué me había llevado allí, confundiendo hasta el sentido de las palabras, de tal forma que decía a nuestra hija, por ejemplo, péinate los dientes y te vas a dormir, o cosas así. Seguro que no te acuerdas de esos días. Sé que mis pequeños deslices pasaron desapercibidos para ti.

No sé por qué, pero quiero explicarte.

Mi turbación se debía a que por alguna razón que no conocía, empezaba a notar un cierto desorden, una cierta inconsistencia en las cosas. A estas "cosas" yo les daba el nombre de "la realidad" por decirles de algún modo. La *realidad* me confundía tanto.

Me maravillaba al descubrir los increíbles juegos malabares que son su especialidad. Me envolvía una cierta fascinación al observarla riéndose de nosotros, haciéndonos la broma de tener que tomarla en serio con todas sus excentricidades.

¿Por qué tenía al despertar la angustiosa certidumbre de que el sueño que había escapado era más real que estar sentada en mi cuarto, rodeada de objetos que la cotidianeidad había convertido en una masa informe?

¿Por qué se escindía el tiempo y con la sutileza de un olor, o de una melodía, regresaba a días pasados que eran más tangibles, más presentes que el día de hoy, marcado en el calendario?

Veía cada vez con mayor certidumbre cómo cuestiones contradictorias, excluyentes, debían ser aceptadas simultáneamente como verdaderas. Lo bueno, lo malo, la vida, la muerte, se amalgamaban como serpientes en su redil.

Te imagino con el entrecejo fruncido. Te pones así cuando, mientras yo me aferro a la idea de que hablo cosas serias, tú piensas que estoy loca.

Una mañana, me percaté de que me había sucedido algo terrible. Lo descubrí cuando estaba sentada frente a la ventana: la realidad estaba allí, afuera, tan cerca. Pero entre ella y yo, la viscosa humedad del vidrio. Y yo no podía asirla. Podía verla, mas no alcanzarla. Podía verla, mas no nombrarla.

Se me hizo manifiesto: la viscosa humedad de un vidrio me acompañaba a todas partes, se plantaba en medio de las personas con quienes hablaba, y entonces, me sentía tan ridícula como quien gesticula tras la ventana en forma desesperanzada, sabiendo que nadie puede oír.

No puedo negar que esta sensación fue tenebrosa. Busqué a mi alrededor alguien que pudiera escucharme. Vano intento. La gente se dedicaba a arreglar armarios, a llevar presupuestos detallados, a pagar puntualmente el recibo del teléfono. Viejas actividades que yo también compartía. Últimamente, no había podido seguir así. Mi vida era sólo silencio, soledad y silencio.

Los días se convirtieron en martirio. Una viscosa frialdad de vidrio trasnochado me anudaba el estómago cada mañana al despertar. Viscosa frialdad de vidrio trasnochado asaltando mi pensamiento en la aparente normalidad de la rutina.

Las noches no. Entonces soñaba cosas hermosas. Soñaba, especialmente, que abrazaba a alguien cuyo rostro nunca pude ver y cuyo abrazo era un consuelo. Con el tiempo la calidad pastosa del sueño se prolongaba, aún cuando estaba despierta. Sus visiones fueron poblando mis días, llenando cada minuto de silencio, cambiando la inercia de mi vida, dándole sentido a las cosas: al perro en la calle, al humo de una chimenea. No sabía bien dónde terminaban mis sueños, dónde empezaba la realidad. Y al fin de cuentas ¿qué era lo real? ¿Qué es lo real?

Algo en mí se aterró. No quiso vivir así, perdida, aún cuando ello me hiciera modestamente feliz. Mis bellos sueños desaparecieron.

Te busqué para que estuvieras conmigo, pero andabas pensando en política: lo que el país te necesitaba, afanado en desempeñar "el papel del ciudadano en el paulatino y mesurado cambio de estructuras democráticamente orientado."

Con cólera, con enojo, quise renunciar a mis oscuros impulsos. No desear más. Pensé que mi confusión se debía a mis anhelos, a mis insatisfacciones. No debía desear. El mundo era, después de todo, algo pasajero, breve como un suspiro, intrascendente.

Ésta fue para ti mi mejor época. Cumplía como nunca con las obligaciones para contigo. Tus camisas siempre limpias. Todas las cosas en orden. Esta adhesión a las obligaciones que se esperaba que yo cumpliera, tenían que justificar la ausencia de... no sé bien qué, que siempre estaba ausente.

Pensé que tal vez mi problema era que no me conocía. ¿Quién era esa extraña que vivía conmigo y a la que entendía cada vez menos?

Desentrañé mis raíces y repasé hasta el cansancio mis recuerdos, hurgando en mi infancia, reconstruyendo el retrato de mis padres. Pero esto no ayudaba.

Pronto descubrí lo imposible de la tarea que me había impuesto. Al verme un día al espejo no pude más. Acepté sin más remilgos lo que veía al otro lado de la imagen: el poderoso y desconocido deseo. No lo podía evitar. Me sometí a su tiranía. Al dolor de sentir la cercanía de sus huellas huidizas. A la angustia de correr tras él, temiendo nunca alcanzarlo. Me sentí abrumada, con la angustia del que cae al fondo de un pozo oscuro.

De la misma forma ordinaria en que llegan los sucesos importantes, un día camino al trabajo tuve una visión reveladora. De la nada surgió la imagen: un gran diamante facetado infinitamente. Era deslumbrante. Me perdí en la fascinación de sus múltiples poliedros, en la variación de sus luces, en sus destellos fríos. Por una sabiduría extraña, supe que ese diamante era, finalmente, "la realidad" de una manera que yo podía entenderla. Allí cabían todas las cosas juntas. No había contradicciones, sólo juegos de caleidoscopio, sólo cambios de perspectiva que mostraban nuevas y maravillosas facetas. Se veía tan hermosa la realidad hecha diamante. Me reconciliaba con ella, aun con todos los hilos repudiables que implicaba.

Sin embargo, no era una forma simple, sencilla. Era más bien, una complicada estructura donde había que buscar a cada faceta, el sitio que le correspondía. Armar un rompecabezas. Había piezas fáciles de encontrar; otras, difíciles de colocar. No cabían, no cuadraban o no estaban a nuestra disposición.

Era claro que alguna pieza faltaba en mi rompecabezas: la que yo buscaba. Tenía que ser una pieza indispensable. Una pieza que debía darle unidad a todo. Por eso siempre mi rompecabezas quedaba desarmado, sin congruencia. Por eso mi vida era sólo un montón de contradicciones.

Después de sospecharlo todo el tiempo, supe con certeza cuál era el problema: tu vida encadenada a la mía. Tu vida enredándose por todas partes, llenándolo todo, asfixiando la vida que había en mí. Con esta recién estrenada lógica, todas las piezas cayeron en su lugar.

Entonces, TÚ apareciste claramente dejando atrás la bruma de la confusión. Entendí cómo habías impuesto tantas cosas, cómo me obligabas a ceder tanto. Comprendí que significabas renuncia, aceptación, la obligación de callar.

Te me revelaste con deslumbrante claridad. Eras la fuerza que sustentaba un universo sin sentido. Eras la confusión. El asombro me arrebató. Tú que habías sido tanto, eras la pieza que yo buscaba. Decidida como nunca a resolver mi conflicto, quise arrancar con mucho esfuerzo, tus tentáculos alrededor de mí. Ha pasado largo tiempo y resististe demasiado. Te afanaste tanto por evitar lo inevitable.

Esta mañana entraste en nuestro cuarto y contigo un viento helado que no lo era sólo debido al tiempo. Tomé el puñal que brilló con un fulgor insospechado. Me acerqué a tu cuerpo con la ternura de siempre. No pensé que entraría tan fácil en tus carnes, que todo sería tan limpio. Con los ojos muy abiertos acercaste tu rostro al mío. No dijiste nada, sólo rozaste mis labios con el frío beso del adiós.

Se podrá pensar lo que se quiera, pero si alguien hubiese estado allí el día en que tomé tu vida en la penumbra de nuestro cuarto, mientras afuera brillaba un sol descomunal, sabría que traspasar ciertos umbrales prohibidos es también una experiencia espiritual.

XVI
La Torre

*Déjame siempre saber cómo darte
la bienvenida y poner en tus manos la
antorcha que quemará la casa.*

Rumi

Su vida había quedado suspendida. Aunque
seguían sucediéndose los días y los hechos que
indican movimiento, nada parecía tener impacto
en ella. Las interminables faenas de rutina, tales
como levantarse, comer tres veces diarias, ir de
compras, cuidar a los niños, las labores propias
de su profesión, los papeles, los expedientes,
los alambicados expedientes, las citas de negocios, se habían convertido solamente en cosas
que había que hacer, sin relación con su ser. Su
vida había quedado suspendida.

Amaba a sus hijos. Sus travesuras y ocu-
rrencias parecían ser lo único que lograban

arrancarle alegres carcajadas o sentimientos profundos de ternura.

Aparte del respiro que ellos significaban, su soledad la embargaba porque había dejado de tener contacto real con las personas que la rodeaban, solamente quedaba el trato superficial que impone la convivencia social.

Llegaba a asombrarse de lo tonto que resulta el famoso saludo, "¿cómo estás?", cuando ambos interlocutores saben de antemano que no hay interés en la respuesta. Por ello siempre respondía, sin mayor explicación, "bien, pasándola".

En su respuesta había mucho de verdad, porque precisamente eso era lo que ella hacía: pasarla. Matar los días uno a uno.

Cuando su marido le preguntaba por qué parecía aburrida, contestaba que solamente estaba cansada. Quería descansar, librarse de toda faena y entregarse libremente a su deseo de estar inerte, de no hacer nada.

Lo que realmente sucedía es que para ella el mundo había empezado a girar sin que estuviera en él. Se sentía apartada, solitaria, encerrada en sí misma, indiferente a lo que la rodeaba, sin que nada pudiese hacerla alegrarse profundamente, llorar desconsoladamente, vibrar, vivir. Sólo la pasaba. Sin pena, sin gloria.

Se preguntaba por qué todos los acontecimientos importantes se habían apiñado en los primeros años, dejando todo el resto sin nada más que esperar. Si ella lo hubiese sabido antes, hubiera ido viviendo cada experiencia lentamente, como para que duraran, en lugar de habérselas tragado todas con impaciencia como lo había hecho.

Sentía que su vida estaba quieta, mas algo le decía que esta quietud no iba a permanecer. Sentía que algo por dentro estaba por explotar como una bomba o abrirse como una flor. Empezó a buscar un camino, una respuesta, sin saber por dónde empezar.

Fue entonces que llegaron aquellos extraños sueños. El primer día, al despertar se rió de sí misma. ¿Cómo podría ser que después de tanto tiempo, después de todo lo que en ese tiempo había sucedido, ella pudiese haberlo soñado precisamente a él? Eso era asunto del pasado, del viejo pasado. Sin embargo no pudo menos que sorprenderse ante la viveza del sueño. Si ayer mismo le hubiesen preguntado cómo era su sonrisa, seguramente no hubiese podido siquiera imaginarla. Hoy, por el contrario, hubiera sido capaz de describirla en cada detalle: provenía no solamente de los labios, involucrando la cara entera, dándole un aspecto infantil y de luminosidad. Todo ese día su sonrisa la acompañó.

Así sucedieron muchas noches soñando con él. A veces los sueños eran tan reales que, más que sueños, parecían encuentros. A través de ellos recordó miles de detalles que creyó olvidados, perdidos. Su mirada, imposible de evadir, que la estremecía, penetraba, inquietaba. Sus manos siempre cálidas, cuyo contacto era dulce. Sus manos, consoladoras, solazadoras. Regresaron a su vida el timbre de su voz y el olor de su piel.

Amanecía contenta como una adolescente. Encendía la radio y se ponía a cantar. Hacía tanto tiempo que la música no le interesaba, que este detalle pareció curioso a quienes la conocían. Su marido, como era de esperarse, protestó, pues le molestaba la interrupción de su matinal lectura del periódico.

Pronto dejó de recibir estos sueños como un inocente regalo de su mente. Empezó a desearlos, a buscarlos. Cada vez que tenía un día pesado, le enturbiaba el ánimo un disgusto o simplemente se sentía triste, sin saber por qué, se apresuraba a terminar con los oficios nocturnos, procuraba que los niños se durmieran pronto, se escurría entre las sábanas y tapándose la cabeza con la almohada para aislarse, se ponía a desear uno de sus sueños, de sus encuentros.

Éstos venían caprichosamente cuando les daba la gana. La abandonaban por días y días, haciéndola pensar que finalmente la fantasía había terminado. No sabía entonces si alegrarse o dejarse abatir por el desconsuelo. Luego volvían de forma inusitada, más presentes que nunca, más inquietantes. A través de ellos, vivía lo que la vida le negaba: la maduración de su ser a través de un cuerpo amado al cual podía confiarse.

Por momentos todo el asunto le parecía una soberana tontería. Ella pensaba y se decía, que no era el tipo de persona que podía basar su vida en cosas intangibles como un sueño. Ella pensaba y se decía que era una mujer práctica, acostumbrada a las realizaciones, a luchar por convertir en realidades sus sueños. Estos sueños suyos eran imposibles, y no lograba reconciliarse con la idea de que su ánimo dependiera tanto de una locura irrealizable. Todas sus razones se desvanecían frente al hecho de que eran su ilusión. Se sentía incapaz de renunciar y conformarse a su vida antes que ellos llegaran.

Así pues, lo que sucedía inquietaba su mente, ejercitada y acostumbrada a analizarlo todo. No encontraba lógica que explicara esta repentina debilidad por aferrarse a una quimera, ni fuerzas para espantarla fuera de su vida.

Los sueños siguieron llegando y, como en el mundo real nunca lo veía ni sabía nada de él, llegó a sentir que él era un ser irreal, inexistente, refugio de su mente de la rutina insípida y aplastante. Fruto de su corazón solitario. Esta explición le dio tranquilidad, y se concedió la dispensa de entregarse sin más razonamientos o recriminaciones a esta aventura mental y desquiciada con un hombre amado y perdido para siempre.

Mientras entraba con su vehículo al parqueo del edificio donde trabajaba, lo vio. Sí, era él. Buscaba también su vehículo. No lo podía creer. Cuando estalló la guerra, él se había enlistado en el ejército. Sus padres se habían mudado poco tiempo después. Ella nunca volvió a saber su paradero. Con el tiempo pasó lo que se había jurado nunca pasaría: lo había olvidado. Eso hasta que él volvió a su recuerdo.

Él también la vio y sonrió con la misma sonrisa. Ella levantó tímidamente la mano dentro del vehículo, en señal de saludo. Un saludo brevísimo, con las mejillas arreboladas, porque en ese instante absurdamente pensaba que él adivinaba todo el asunto de los sueños. Esta idea la hizo salir huyendo de su presencia tras el breve saludo con la mano.

Descendió, sin voltear a ver, la rampa que la llevaba al segundo sótano del edificio. Cuando alzó la vista, por el retrovisor vio que él venía detrás, con las luces encendidas para llamar la atención. No supo qué hacer. Era claro que él había bajado hasta allí para hablarle. Encontrar un espacio para parquear el automóvil le pareció indispensable. Dio varias vueltas en el laberinto del sótano, desesperándose al no encontrar ninguno vacío. En una de tantas vueltas, al levantar la vista él había desaparecido y un gran enojo la rebalsó.

—¡Mierda!

Más tarde, frente a la ventana de su oficina, pensaba cómo los hechos irrelevantes se vuelven repentinamente trascendentales: un resbalón, llegar tarde, no encontrar sitio en un parqueo, toman entonces la enorme dimensión de ser ejecutores del destino. Quería tanto verlo. Quizá no lo volvería a encontrar.

Su paz terminó con ese encuentro. Se aferró a la ínfima posibilidad de que sus sueños no fuesen una locura. Entretenía su mente sustituyendo su vida actual con las visiones, haciendo y rehaciendo su vida para que él cupiera en ella.

Dejó penetrar en su mente la idea de volverlo a encontrar. Daba rodeos en su vehículo antes de dirigirse a casa. Pasaba por los lugares más concurridos. Caminaba incansablemente por lugares comerciales, restaurantes y sitios públicos, pensando que la ciudad no era tan grande, que tarde o temprano lo encontraría. Pero al pasar los días, le fue pareciendo cada día más inmensa y la posibilidad de verlo, más remota.

Finalmente abandonó la búsqueda. Se quebrantó su ánimo y una profunda tristeza la invadió. Renació en su ser aquel antiguo dolor de cuando lo perdió. Lo que nunca había afrontado, regresó a su conciencia para castigarla con la culpa: ella no lo había esperado. Había resultado más conveniente casarse con el hombre que sus padres querían. En aquellos días, creyó que su vida sería más fácil así.

El dolor la avasalló y acosó muchos días; se sintió derrotada, víctima de una traición. Ella, que tenía suerte para tantas cosas, veía cómo la vida le negaba la más anhelada. Se encolerizó con la vida, consigo misma. Decidió romper de tajo con toda esta tontería. Pensó en sus compromisos, en sus responsabilidades. Pensó en todas las cosas que tenía que hacer.

Se dedicó a su trabajo con furor. Se dedicó a arreglar su casa, cambiando incansablemente las cosas de lugar, haciendo las reparaciones que esperaban hacía tiempo. Cumplió con todas las citas con pediatras, odontólogos y maestras. Le propuso a su marido un viaje romántico que éste desechó. Se dedicó a la tarea de arrancar todas, una por una, las ilusiones que en su alma habían nacido como flores, sin que quedara vestigio de ellas. Los sueños desaparecieron. Los encuentros terminaron. La vida real se impuso. Había vuelto a la cordura.

Ese día amaneció fastidiada. Los fines de semana le gustaba quedarse en su casa. Le encantaba poder levantarse tarde, andar por ahí en ropa de dormir, leyendo un libro o revisando el jardín, sin pensar en la hora. A ella le gustaba hacer las cosas lentamente, saboreándolas. Todo era tan distinto cuando se hacía con placer y no con un fin práctico: bañarse, la taza de café, vestir a los niños sin regañarlos por lo tarde que era.

Por eso estaba molesta. Siendo sábado tenía que correr y arreglarse para la famosa recepción, un compromiso de su marido. Ella no era aficionada a las fiestas. Menos hoy que se trataba de un evento fastuoso en una mansión elegante del lago. Sabía que se iba a aburrir. Su marido nadaba en ese círculo con comodidad. A ella, la sensación de que la consideraban una arribista no se le quitaba de encima. Siempre supo que era parte de los compromisos que tenía que asumir y punto. Al menos habría un buen almuerzo y saldría de la ciudad.

Salieron con retraso y su marido corrió vertiginosamente por la carretera. Cuando llegaron, por la cantidad de autos que había fuera del chalet, parecía que todos estaban ya allí.

Al nomás entrar, sintió que el corazón le daba un vuelco. Él estaba allí. Su mirada lo envolvió y una fuerza incontenible la empujaba directamente hacia él, porque no veía a nadie más. Pero su marido la llevó justo en la dirección contraria. Se inició la ronda de presentaciones. Ella apenas musitaba un breve saludo, esperando terminar pronto. Las conversaciones se alargaban, su marido le tenía tomada la mano, ella sentía un inminente dolor de cabeza.

Con la excusa de necesitar un baño, se apartó y empezó a caminar por las habitaciones, sin dirección. De lejos lo vio nuevamente. Estaba en el jardín. Podía observarlo, sin ser vista, a través de la ventana. Quería acercarse a él, pero no sabía si tendría el valor de avanzar. Si no hubiera sido por los sueños qué distinto sería. Ella no se sentiría así, tan desnuda en su presencia. Si no fuera por los sueños, él ya no existiría.

Congelada en medio de la habitación, no podía concretar una decisión. Mientras su cabeza giraba sin sentido, llena de sentimientos y sin ninguna idea, vio a través del vidrio cómo una mujer se le acercaba a él, enlazaba su brazo en su cintura y reía con una risa que le pareció detestable. Acercarse en estas condiciones la haría sentirse ridícula. No lo podría soportar.

La angustia le cerró la garganta y pensó que no tenía fuerzas para darse la vuelta. Para su asombro, la parte autómata de su ser recogió su cuerpo y lo llevó al único lugar que se le ocurrió: en busca de su marido de cuyo brazo se aferró.

Aunque nadie lo hubiera adivinado, estaba convulsionada. No podía pensar, o articular palabra. Sonreía a todo lo que decían sin poder hilar ninguna idea, sin entender de qué hablaban. El deseo de acercarse a él, de pertenecer a su vida, de amarlo, parecía inflarse vertiginosamente. La asfixiaba.

Los minutos se volvieron cuartos de hora y luego medias horas. Ella era un maniquí. Al final de la eternidad, avisaron que estaba servido el almuerzo y ella celebró la posibilidad de que el movimiento de los invitados pudiera permitirle acercarse otra vez. Un pensamiento recesivo quería hacerle recordar que apenas hacía un rato él reía con otra mujer ¿quién era ella?

Lo vio a la distancia mientras se acomodaban en las largas mesas. Cuando estuvieron sentados, él quedó un tanto lejos, aunque podía observarlo con comodidad. La rubia se sentó a su lado y con expresión afable, le hizo un comentario; en respuesta él, con galantería, le acomodó la servilleta sobre las rodillas.

Ella fijó su mirada en el plato. Tomó con el tenedor una arveja y la puso en su boca, queriendo concentrarse en comer. Más fuerte que si hubiese sido una caricia en su escote, sintió su mirada sobre ella. Levantó la vista y allí estaban sus ojos negros, lacerantes. Él sonrió y la saludó con la mano. Ella también sonrió.

Una y otra vez, sus miradas se cruzaron. Algo le aseguraba, mientras no comía, que todas esas noches, él soñaba con ella también. Ahora, parecía supremamente incómodo al lado de la rubia.

Llegó la hora del café y el postre. La espera era ya insoportable y el almuerzo estaba por terminar. No había tiempo. Tomó la decisión y con un murmullo de excusa, se levantó de la mesa y se encaminó en dirección a la fuente, donde los rosales adornaban un jardín de descanso. Suplicó a todos los dioses que él acudiera. Un momento después, él llegó a reunirse con ella. La tomó de la mano y le dijo:

—Vamos, allá podremos hablar.

Una vieja torre se alzaba frente al lago. El lugar había sido un antiguo convento y la torre un campanario. Subieron apresurados, hasta alcanzar la parte más alta, donde las palomas anidaban. La luz entraba apenas por tres pequeñas ventanas.

Estaban confusos, sin palabras. Él se adelantó y la abrazó. Ella sintió que ese abrazo derrumbaba todas las certezas que hasta hoy la abrigaban.

Él acercó sus labios. Se besaron largamente. El corazón quería salirse de su cuerpo. Ella se apartó de él con brusquedad. El beso que acababa de recibir, el beso que acababa de dar, era el más pecaminoso de su vida pues nunca otro le había causado tanto placer.

—Los últimos meses he andado como un loco, dijo él muy quedo cerca de su oído, pensé que después de la guerra, nunca regresaría a Danzig, pero desde que volví, no puedo sino pensar en ti. Luego de un silencio añadió:

—El otro día, cuando nos encontramos, pensé que no querías saber nada de mí.

—¿Y, esa mujer?

—Aleida, es mi esposa. Tenemos tres hijos.

Un largo silencio.

—¿La amas?

—Lo único que tengo claro es que no puedo pensar en salir de este lugar sin saber que volveremos a vernos.

—¿Qué hacemos?

—No sé.

XVII
La Estrella

Mi Guía y yo entramos por aquel camino oculto, para volver al mundo luminoso, y, sin tomar el menor descanso, subimos, él delante y yo detrás, hasta que pude ver por una abertura redonda las bellezas que contiene el cielo, y por allí salimos para volver a ver las estrellas.

Dante Alighieri,
La Divina Comedia

Odio siempre este momento cuando encerrada en el camerino, cinco minutos antes de empezar, escucho por ráfagas el estrépito del público que se impacienta.

No puedo sino dudar, dudar, dudar. Desde ese nudo que se me hace en el estómago y que intento disipar con una cadena de cigarrillos, me pregunto si hoy podré enfrentarme a su descomunal energía. Pocos lo saben, pero frente a miles de personas en un escenario, un artista recibe un disparo de fuego que lo parte. Es la energía de la multitud que demanda que los hagas vibrar, que te derrames sobre ellos. Cuando todo está por empezar agonizo. Y las pesadillas me asaltan despierta. Imagino que un ataque de impotencia me sobrevendrá. Me veo muda frente a ese océano de voces que gritan.

Intento tranquilizarme. Hurgo en mi mente, buscando un pozo de serenidad. Me traslado a ese otro momento, cuando las luces se encienden sobre mí, con su dorado fulgor. Despacio, me dejo acariciar por sus halagos: los gritos, los aplausos, las voces que corean mis canciones. Sentiré la calidez de su ternura. Me iré derritiendo y dejaré de ser el bloque congelado que soy en la realidad cotidiana de mi vida.

La *realidad cotidiana de mi vida*. Qué fastuosa manera de referirse a ese nudo de contradicciones, a ese rompecabezas donde faltan piezas, a ese rostro en el espejo, tan confuso que espanta. No puedo sino reír de mi pomposidad.

Pero ellos nunca lo sabrán. Parada sobre la tenue irrealidad del escenario, seré fluida y orgásmica. Una llama inmolándose sin vacilación. Un ave fénix que se desintegra sobre sus cabezas. ¡Cómo amo ese momento en que seré otra! Una vez allí, la multitud se transformará en un gatito que ronronea en mis brazos.

Me miro al espejo. Una capa de lentejuelas, los miles de collares de mostacilla que esconden mis senos desnudos, pantalones de cuero negro y tantas joyas, que podría pasar por una puta de Babilonia. Sin duda me veo como una verdadera artista y no como alguien que por primera vez se para en un escenario.

Recuerdo a la joven gorda y con la cara tupida de barros que fui. Todos se reían de mí. Esa risa me sacó a empellones de la escuela, del barrio, del pueblo. Yo hacía algo a la perfección: no pertenecer allí. Leía, pintaba, y no odiaba a los negros...

Hoy las anfetaminas se han hecho cargo de mi gordura y he gastado una fortuna en lijarme la piel del rostro hasta alisarlo como una perla... Triunfante, frente a la fallida condena de un cutis impresentable, decidí que ese fuera mi nombre artístico: Perla.

Los medios dicen que me veo "extenuada", pero no lo tomo a mal. Desde que dejé la heroína y el alcohol no me parece un comentario malicioso. Soy una de esas víctimas de su propio interior. Sentimientos indómitos me asaltan como si fuesen demonios. Hubo un tiempo en que me hacía muy infeliz tener ese tumulto dentro. El licor y la heroína suspendían el infierno. Todos querían advertirme lo malos que eran mis excesos, pero yo pensaba: ¿Cómo puede ser malo si se siente tan bien?

Llegó el día del gran festival de rock en Oakland. Yo me había propuesto marcar historia. Contraté un helicóptero para hacer mi entrada con estilo, sin embargo, al llegar me informaron que debía esperar diez horas antes de presentarme. ¡Por Dios!, exclamé, cinco minutos me pesan como si cargara un edificio.

Aterrorizada, corrí a meterme a los baños. Me inyecté una dosis poderosa de magia azul. Por supuesto el sucio de Harry Becker estaba allí para colaborar. Nunca me faltó ayuda cuando de joder mi suerte se trataba.

Nos sentamos a beber para matar el tiempo. Finalmente subí al escenario, no podía mantenerme de pie o abrir los ojos. Me pidieron que acortara mi presentación. La humillación fue terrible y, luego de una gran depresión que por poco me hace salir volando por los aires desde el décimo piso del edificio donde vivo, decidí intentarlo de nuevo.

Aprendí a obligar a mis demonios internos a que trabajaran para mí. Los dejo expandirse, me lleno de ellos y cuando no puedo más, salgo al escenario. Estar allí, llena de esa salvaje emoción, con una audiencia que está conmigo, es una experiencia absolutamente extática. La bestia puede salir de su encierro. El milagro es que ella logra lo que yo nunca: la experiencia de estar unida entrañablemente con alguien allá afuera. Cuando canto pertenezco al mundo. Yo lo amo y él me ama también. Eso aplaca la sed insaciable que me agobia.

Ojo… No he dejado de arder bajo el fuego de la obsesión. No me engaño. Simplemente trasladé mi ánimo adictivo a otras cosas: compro cosas extravagantes, una sarta de confusas relaciones sentimentales ocupan mis vacíos, corro como una demente en mi Porsche el cual, por cierto, mandé pintar de increíbles colores psico-délicos. En pocas palabras, estoy siempre cayendo, cayendo, cayendo de una alta torre, pero ya no pienso mucho en ello.

Tocan a la puerta. Es la hora. Aquí voy: los sacudiré, me derramaré sobre ellos como melaza, los haré entrar a un campo de guerra, desataré sobre sus cabezas el infierno, el paraíso. Después de hoy, nadie podrá negarme el lugar que merezco: ser la cantante de Rock, más poderosa de todos los tiempos.

La gira terminó y me siento agotada. Durante dos meses estuve literalmente "enterrada viva en los Blues", cuestión que no deja de hacerme reír, pues con frecuencia he pensado que mis canciones son proféticas. "Una de estas mañanas, te levantarás cantando. Abrirás tus alas y saldrás rumbo al cielo. Será verano y todo será sencillo." Ésa es la canción que quisiera ver cumplida, pero conozco la maldita vida demasiado bien para esperar en serio que ocurra.

Bessie se largó en la madrugada después de una de sus usuales puestas en escena. Siempre he batallado contra quienes se meten sin pagar a los conciertos. Agarraron a un jovencito saltando la valla. Me acerqué y le dije: –¿Por qué no pagaste tu entrada? Si no tenías dinero, podías haber vendido a tu madre o a tu novia. ¿No ves que yo vendo mi corazón por ti?

Bessie lo tomó como una insinuación de mi

parte y se armó la bronca. No regresó al hotel a dormir.

Sé que es una manipuladora, pero tengo, como siempre, el impulso interno de salir corriendo detrás de ella. El amor siempre ha sido para mí como la cadena de un prisionero con su bola de hierro. Decido esperar. Todo es soledad frente a mí. La jodida soledad... Pronto me cansaré. Una mujer puede hacer cosas muy locas en ocasiones en que la soledad llega rondando a molestar.

Las horas pasan y no puedo soportar más estar encerrada en la habitación, donde mis pensamientos pueden aniquilarme. La idea de emborracharme hasta los tuétanos ronda mi cabeza. Sería un alivio. Pero ya conozco ese camino y esta noche no me traicionaré cayendo en el agujero.

En lugar de esa locura, decido cometer otra: aceptar la oferta que reposa sobre la mesita de noche, un viaje a las viejas ruinas de una arcaica ciudad de los druidas llamada Loonedak. El folleto dice que es una ciudad "sagrada." Me río por dentro. Me encantaría tener una experiencia mística este día... para variar. El sitio está lejos, en las montañas, pero quedarse en una ciudad muerta como Rejkiavik el día domingo es más de lo que puedo soportar sobria. Quizá allí pueda evadirme de mi cabeza, me digo, para ahuyentar los obstáculos que siempre coloco frente a mis mejores impulsos.

Al llegar llevo una decepción: no esperaba

encontrarme con un lugar *atorado* de turistas. De todos modos, el cielo azul alivia mi cabeza.

El aire enrarecido es diáfano. Parece que limpia por dentro, aunque da angustia respirar, como si los pulmones no pudiesen atrapar suficiente. El sol se vuelve fulminante al mediodía. Después de un par de tazas de té y el almuerzo, decido dormir. La tormenta sentimental con Bessie me tuvo despierta toda la noche anterior. Me chequeo en un pequeño hotel cerca de las ruinas.

Despierto alrededor de las cinco. Un gran aguacero ensombrece la tarde. Me siento nuevamente triste. La soledad me ha vuelto a encontrar. A pesar de la lluvia no creo poder quedarme encerrada con esta angustia adentro. Salgo a caminar bajo la lluvia para respirar un rato el olor a hierba. Siempre he amado la lluvia. Necesito una caricia, algo benigno y suave. Sólo tengo a mano la lluvia y por hoy tendrá que ser suficiente.

Me pongo una capa de plástico que compré por la mañana y salgo. Las ruinas de la vieja ciudad están muy cerca del hotel y en menos de cinco minutos estoy dentro del complejo. Voy a recorrer despacio y a mis anchas lo que esta mañana apenas vi, aturdida por el gentío.

Finalmente la lluvia amainó. El atardecer dejó filtrar los débiles rayos de sol entre las gruesas nubes que todavía dominan el cielo.

El ambiente fresco me llama a caminar, lo cual hago por largo rato sin sentir el tiempo. Atravieso las enormes terrazas, lugar de las siembras en la época en que la ciudad estuvo habitada. Luego, subiendo por los interminables graderíos, llego al laberinto de piedra donde una vez estuvo viva. Allí, en medio de la mayor desolación, me encuentro con unos venados, madre y cría. Al verme corren, alejándose. Los sigo por distraerme un rato. Así, llego un tanto lejos, apartándome cada vez más de las edificaciones, hasta donde termina la montaña y se extiende un inmenso abismo.

De pronto me pareció que ya era suficiente. Decidí que no podría soportar un sorbo más de aire puro y tonterías místicas. Estaba cansada y quizá podría llamar a Bessie. Estaría de vuelta en el hotel, mansa como un corderito. Seguramente me diría que era hora de regresar. Ahora sería mi turno, de jugar al "escondite" con ella. Le diría que era imposible y que tendría que arreglárselas sola hasta mañana. Me gustaba la idea de hacerla arder como una antorcha.

Empiezo mi camino de vuelta y en forma muy repentina, oscurece. La noche se cierra alrededor de mí, con tal negrura, que de repente no sé adónde ir. Me doy cuenta de que no conozco el lugar como asumía. No voy a poder ubicarme en la oscuridad.

Llego al sitio donde se concentran las edificaciones, dando traspiés en las piedras que no logran adivinar mis pies inexpertos. El problema se vuelve angustioso. Todo me es indistinto: un laberinto de piedra. Camino de un lugar a otro. Doy con un tope, o, peor aún, un abismo que se abre justo cerca de mis pies, en un fangoso desliz. Entro y salgo de habitaciones derruidas a medias. Tropiezo a cada instante con escalones, con agujeros, con declives del terreno, imposibles de prever. Descifrar aquellos espacios desconocidos es una tarea tan enloquecedora como intentar armar un rompecabezas a ciegas.

Empiezo a cansarme. Mis muslos atormentados por tan inesperada tarea, se resisten a seguir dando vueltas en círculo. Aparte, la altura castiga mi respiración y el corazón quiere explotar. Arriba, las nubes cierran el cielo.

Me recuesto contra un muro y cierro los ojos tratando de pensar. La angustia me recorre como un caballo salvaje. Tengo miedo y los nervios me hacen temblar. Podría desaparecer esta noche, en este lugar. Nadie lo sabría.

No quiero seguir luchando. El cansancio me llena la saliva de un sabor ácido. La situación me parece una metáfora de mi propia oscuridad. Mi caos viene de antiguo: es espeso y denso. Un universo en sí mismo. Estoy harta de batallar, de intentar salvarme. Podría cerrar los ojos y desistir. Mi mente se vuelve un agujero. Justo entonces, una pregunta me asalta: *¿Quiero morir?*

La pregunta regresa otra vez, con seductora insinuación, creciendo en intensidad. Por dentro algo estalla. Quizá fuese cólera, una síntesis cargada de dolor, como un latigazo en plena cara. *¡Acabemos con esto de una vez por todas!* quise gritar con una rabia ciega, me hubiese lanzado en un segundo al abismo, pero la voz no salió de mi garganta. Quedó atrapada en el impasible silencio, igual que mis pies en la tierra. Algo poderoso me había detenido.

Lloré sin límite, no sé si fueron horas o minutos. Lloré hasta que pareció que un manantial me había salido de adentro. Pude ver claro: se había derrumbado una realidad muy pequeña, hecha a la medida de mis espejismos.

Supe que eran mis propias fronteras interiores las que me tenían aprisionada. Pude ver con total claridad que un futuro feliz fluía hacia mí, abundante, tan abundante que era más de lo que jamás podría necesitar. El sentimiento era como una premonición de la eternidad y no era nuevo. Era el mismo que me desbordaba con mi música. Mi arte era yo. Sin saberlo, hacía tiempo mi destino me había encontrado. No tenía que buscar más. ¡Diablos! Había salido de la oscuridad y no me había dado cuenta.

La idea de que *existir* era un gozo maravilloso me atravesó. Me sentí flexible, con el corazón abierto. La oscuridad de la noche dejaba de ser claustrofóbica. Una fuerza desconocida surgió. Era como un segundo ser, doblado y guardado en el fondo de mí. Iba a salir aquí, de eso no había duda. Iba hacia un destino luminoso.

Me paré con las piernas temblando, y empecé otra vez a caminar. Subí y bajé mil gradas, resbalé muchas veces, anduve a gatas en los lugares resbaladizos, palpando el terreno hasta encontrar el camino. Me arrastré, me levanté, llevé mi cuerpo al límite, pero sabía que nada me detendría. Al final de mi largo camino vi a la distancia la luz que iluminaba la guardianía afuera del parque. Todavía estaba lejos, pero ahora me guiaría.

Cuando llegué a la puerta, pasaba la medianoche. Estaba empapada en sudor, el cabello, la ropa pegada, como si hubiese tomado una ducha. La puerta estaba cerrada y tuve que gritar. El guardián se levantó somnoliento. Empezó por darme un sermón, que por qué estaba ahí a esta hora, que eso estaba prohibido y otras cosas que ya no pude escuchar. Todo mi ser esperaba que la puerta se abriera. Arriba, el cielo se había despejado y se vislumbraba un mar de estrellas.

Cuando el guardián logró dominar sus dedos todavía entregados a la pesadez del sueño y abrió el candado, salí con el alivio de quien abandona una cárcel. Ya en mi habitación, me quité la ropa mojada y me senté desnuda en el suelo, asombrada, sin pensar en dormir. Me sentía extrañamente viva.

XVIII
La Luna

La luna estuvo aquí, entró por la
/ventana,
Pasó regando un polvo fino y
/silencioso.
Tocó los vidrios, las paredes,
Los trapos arrugados en la sombra,
La madera de los muebles
Les puso un halo blanco a las
/molduras
Con retratos olvidados
y acaso haya tocado con sus dedos o
/tijeras luminosas,
el rostro de alguien que dormía,
dejando un leve resplandor bajo las
/puertas.
Salió tal como entró... sin ruido.

Luis Alfredo Arango

Estos tacones suenan duro en los corredores de la universidad. Me fijo porque estoy calzada, yo que crecí descalza. Soy mujer y soy india. Era tan difícil pensar que algún día yo iba a estar aquí. Ojalá que estos pasos me estén llevando a donde quiero ir. Ojalá no me vaya a equivocar. Ojalá no vaya a ser por gusto tanta lucha.

—Su carnet por favor.

Soy capaz de no haberlo traído. ¡Qué cabeza la mía! Recuerdo que aquí estaba. Pero no está. ¡Ah! Ya me recordé: entre el libro...

—Si señorita, aquí está.

—Vamos a ver... el mito BL 310 S37; NL 313 M4 1976.

Cómo me gustaría saber qué quieren decir todas esas letras tan raras. Así podría enseñarle a la Jacinta. Le diría, ve mija, para buscar en una biblioteca tenés que... No quiero nunca que vaya a ser tan atrasada como fui yo, que ya vieja estoy en estas vainas. La Elfidia me dice que yo siempre tan fantasiosa, sólo pensando babosadas. Vivís en la luna, me repite todo el tiempo.

Ella se dedicó al comercio, se metió a la cooperativa y ahora va para diputada. Hay que buscarle soluciones a las cosas, me dice como que fuera regaño. Yo no sé de ningún diputado que le haya encontrado solución a las cosas, como ella dice, pero no le digo nada. Pura palabrería. A mí todo eso nunca me interesó. A mí me gusta más leer y, después de terminar mi bachillerato por madurez, me metí a literatura. Doña Herlinda, mi patrona me dijo que era muy tonta. Estudiá cocina mija, me dijo, así podes trabajar en un hotel, en un restaurante.

Ella tal vez tiene razón, pero yo quiero otra cosa, quiero entender. Por qué somos como somos, qué es el mundo, por qué la gente hace lo que hace, qué pasa adentro de mí. Todo eso lo cuentan en las novelas. Aunque parezca mentira, pero es así. Para mí eso es más real que lo que pasa afuera, en eso que le llaman la "vida real". Tal vez por eso dicen que vivo en la luna. Quizá tienen razón.

Del mito no sé mucho. Estuvo bueno que nos pusieran a hacer esta investigación. El mito debe ser como la quimera que nos platicaba el profesor el otro día. Quimera significa dragón. A mí me dio risa de sólo pensar en esos hombres tan grandotes y tan bruscos inventando dragones. ¿Para qué? Me devano la cabeza pensando. Elfidia se tiraría una carcajada si le platico de esto. Un hombrote inventando dragones que echan fuego por la boca, en lugar de utilizar su tiempo en resolver los problemas del país. Y ella ¿no se inventará también dragones, aunque sea para pasar el tiempo? ¿Tendrá alguna vez miedo? ¿Y, por qué será esto de inventar dragones? No dejo de pensar. Debe ser como con los espantos. Hay que pensar que los vamos a poder ver. ¡Huy no, hay cosas muy tremendas! Peor si están en la oscuridad, peor si no tienen cara.

—¡Idiota!

Y qué le pasa a ese señor, me echa el carro encima, tan sin consideración. ¡Qué buenas se ven las naranjas! Le voy a llevar unas a la Jacinta porque a doña Herlinda no le gusta que le toquemos su fruta. A mija le gustan con su sal, su pepita. Se las puede llevar a la escuela.

—Usté, doña, sí que tan confiada.

—¿Y por qué me dice eso?

—Anda ahí con la cartera abierta, viera que a´i andan un montón de ishtos ladrones robándole a la gente. Tenga cuidado.

—Gracias, señora, ya lo sé.

Los niños de la calle, los mareros, ¿cómo no voy a saberlo? Saltan a la vista por cualquier lado, como si fueran las manchas en la ropa. Los niños de la calle. Las manchas de la calle. Las llagas diría yo... La calle llagada me duele siempre a mí. Son unos vagos que no trabajan, no hay que consentirles la güevonería, dice Elfidia. Asaltantes, drogadictos, asesinos, dice doña Herlinda. Qué fotos más espantosas, los niños torturados, los niños mutilados, sin sus partes, sin sus brazos. Los niños muertos. Especialmente aquél. Arriba estaba la foto de un mes antes, abrazado a una señora y abajo, la otra foto, cuando ya le habían sacado los ojos. La limpieza social.

Entro a la casa. La Jacinta se viene corriendo y yo como que quisiera metérmela en las enaguas, metérmela hasta dentro en el estómago otra vez para que nunca la vida le haga un daño.

—Ya vine, doña Herlinda.

—Pasá el almuerzo que ya es tarde.

Qué buena cara tienen las hilachas. Les eché canela, se siente el olor. El arroz también me quedó bueno, sueltecito, con sus arvejitas y sus zanahorias. Cocina del tiempo de antes. Ahora con ese microondas que tiene la señora, todo queda tieso y seco. Ahí que se quede, yo no lo uso aunque me cueste más hacer las cosas. Yo con mi comal era dichosa. Allí las tortillas se ponían carotonas, los tamalitos bien tostaditos.

–Pasá el fresco, ¿estás sorda? Vos sí que venís zonza cuando vas a la universidad. Atarailada. En lugar de que se te abra la shola, más cerrada te ponés.

–Perdón, no la había oído.

Me encanta ver comer a doña Herlinda. Se goza cada bocado. A ratos hasta lame el plato, a escondidas, como si uno no pudiera verla. Parece muchachita. Yo me hago la desentendida, para que goce a sus anchas, sino para qué la vida. Ya suficientes penas tenemos para que haya tanta regla y tanta preocupación.

–Buen provecho. Recogé la mesa rápido porque si no todo se llena de hormigas.

Doña Herlinda se va a su cuarto. Toma una siesta como ella le dice. Yo también aprovecho, enciendo la tele un ratito. Hay mucho calor, me pongo a cabecear.

No sé en qué momento el sueño me vence. Estoy en un corredor oscuro. Me recuesto en la pared que está fría y yo tengo tanto calor. Me echo un poco de agua en la cara. No me satisface. Me echo el gran chorro. Las gotas me resbalan entre el güipil, entre el corte. Se me corren por las piernas. Aparece un hombre, no puedo ver su cara porque está oscuro. El hombre se me acerca y me agarra. Yo me quedo muda, como paralítica. No puedo moverme. El hombre me parte, me arruina, me daña, me espolvorea en pedacitos, pequeñitos, como de barrilete. Todos los pedacitos se van volando con el aire y se pierden entre el monte. ¿Quién podrá recoger tanto pedacito?

Despierto sofocada. Otra vez el sueño ese. Cuándo me voy a olvidar de ese asunto tan feo. Gracias a Dios que allí está la Jacintía, algo bueno tenía que salir de ese daño. Lo que no olvido es que mis papás me echaron de la casa. Me tuve que ir del pueblo. Todos me señalaban. Quedaste embarazada de ese hombre, seguro te le sometiste, me decían. Mejor te hubieras metido un olote, mejor te hubieras metido un palo encendido ya que estabas caliente. Por eso me fui de mi pueblo. Por eso soy sirvienta en esta ciudad, donde a veces no me hallo, donde a veces no me siento.

La ropa no está lavada, me levanto corriendo. Qué rayo de sol tan lindo me cae en la mano. También entraba el sol así por la ventana de la casa donde crecí. Yo tenía unas mis gallinas y un gallo con el ojo color de mandarina. El campo olía siempre tan sabroso. También entonces me fijaba que en la luz bailaban cositas: pelitos o polvo, ¿qué sería? Flotaban sobre el rayo de luz, se iban cuesta abajo. Al quererlas agarrar se alborotaban y luego se volvían a ordenar.

Mientras la ropa se seca, yo limpio la cocina, con el libro que tengo que estudiar abierto. Ya aprendí a hacer varias cosas a la misma vez. También pongo a estudiar a la Jacintía.

—El habla es la realización concreta de la lengua.

Qué difícil hablan estos libros. ¿Qué querrá decir?

—Mamá, cuánto es 3 más 7.

—Diez.

El habla es la realización concreta de la lengua. Bueno sí... y ¿qué quiere decir eso? Sigo leyendo, es por lo tanto un fenómeno social.

—Ya terminé el deber, ¿podés revisármelo?

—Andá a pasear al chucho... Doña Herlinda grita desde su cuarto. Ya se despertó.

—Vamos mija, vamos a pasear al Canelita.

—Sí, mama, también dijo la maestra que recogiera unas hojas. Hay que hacer una colección para mañana, pegarlas en cartulina.

Qué linda tarde: rosado, rosado, rosado. Todo el cielo está rosado, sólo aquel pedacito apenas celeste, pálido, casi blanco...

—La maestra dice que hay hojas con forma de lanza, con el borde dentado.

¿Qué es ese sentimiento que se esconde allí detrás? Un gusto amargo en la boca. Lo reconozco. Es la soledad, es la tristeza, es como si el mundo se me viniera encima. No me conformo, no me hallo, siento que no voy a salir de tanta pena, siento que me voy a ahogar.

De repente me agarra esto. Se aparece como la Jacinta después que la regaño, asomando la cabeza por una esquina. Siempre fui así. Estás en tu luna, me decía mi mamá. Y bien que era cierto, porque esto que me pasa es como si la luna me hablara, pero desde su lado oscuro.

–También hay hojas con forma de mano, otras redondas...

XIX
El Sol

Limpia la casa de todo
para que la habite solamente el sol.
Rumi, *El fuego del amor*

Soy un sacerdote del sol, designado por los dioses para controlar las fuerzas cósmicas por medio de la oración, los rituales y los encantamientos.

Nací para gobernar a los vivos y perseguir el conocimiento. La sobrevivencia del pueblo laíno y de la Gran Madre, depende de nuestro trabajo en la tierra.

La vida fue traída a la tierra tejiéndola entre el tiempo y el espacio. Su balance es muy frágil. El equilibrio de todo el universo depende de la integridad de los Hermanos Mayores. La única finalidad del hombre es el conocimiento. Todo lo demás es secundario. Sin conocimiento no puede haber comprensión del bien y del mal. No puede haber aprecio de los deberes sagrados de los hombres para con la tierra y para con la Gran Madre. El conocimiento trae sabiduría y tolerancia. Sin embargo no es fácil alcanzarlo dentro de un mundo animado por la energía solar. Sin la guía de los iluminados, la luz solar puede llamar a engaño.

Fui llamado a ser sacerdote por medio de la adivinación. Cuando nací, igual que toda mujer laína, mi madre acudió a uno de los *pachamámas*, como se les llama a los sacerdotes, para consultar a la Gran Madre, leyendo los signos en las piedras y cuentas que fueron lanzados al agua en las vasijas ceremoniales. La Gran Madre habló: yo era uno de los escogidos.

Mi madre tuvo que entregarme a uno de ellos, quien me llevó a la cima de la montaña para criarme junto a su mujer. Tuve, como todos los escogidos, una vida nocturna, apartado completamente del sol, con la prohibición absoluta de conocer siquiera la luz de la luna llena.

Por dieciocho años viví en la casa de ceremonias, durmiendo de día, despertando al atardecer, cuando atravesaba en la oscuridad el bosque hasta la casa del *pachamáma* donde era alimentado. Comía a la medianoche y, justo antes del amanecer: pescado hervido con caracoles, hongos, grillos, frijoles blancos y raíces. Nunca probé la sal, ni comida que no hubieran conocido mis antepasados. La comida era siempre preparada por la mujer del *pachamáma*, y aun ella que era como mi madre, podía verme sólo durante la noche.

Mi aprendizaje duró dos veces nueve años, como si hubiera regresado dos veces al vientre de mi madre. Durante los primeros, cuando era sólo un niño, *pachamáma* me enseñó los misterios del mundo. Aprendí cantos y danzas, cuentos y los secretos de la creación, así como el lenguaje ritual conocido sólo por los sacerdotes.

Los otros nueve años mi dedicación fue para asuntos más elevados y secretos: el arte de la adivinación, la respiración que pone a mi cuerpo y a mi mente en reposo, cómo entrar en trance, oraciones que dan voz al espíritu interior.

Nunca aprendí ninguna de las tareas que ocupan a los hombres, pero conozco todo sobre la Gran Madre, los secretos del cielo y de la tierra, el misterio de la vida en todas sus manifestaciones.

Yo, al igual que todos los iniciados, conozco sólo la oscuridad. Por ello he adquirido el don de las visiones. Soy clarividente, capaz de ver no solamente el futuro o el pasado, sino a través de todas las ilusiones del universo. En trance puedo viajar a través de la tierra de los muertos y dentro del corazón de los vivos.

Hoy es el día de la gran revelación: después de haber escuchado de la belleza de la Gran Madre durante dieciocho años, y haber aprendido el delicado balance de la vida, la importancia de la armonía cósmica, estoy listo para tomar mi carga en medio de los hombres.

Está todavía oscuro cuando *pachamáma* viene a buscarme. Juntos salimos y nos sentamos en una ladera de la montaña. Empieza a amanecer y puedo finalmente ver lo que se me había mantenido oculto: el sol empieza a salir.

Hasta el día de hoy el mundo existió para mí sólo como una narración. Ahora, por primera vez, puedo verlo en su trascendental belleza y en un instante, el conocimiento que me fue transmitido se vuelve sólido como una roca dentro de mi ser.

Pachamáma, conmovido, murmura en mi oído:

–¿Lo ves? Es tan hermoso como te lo había contado.

XX
EL JUICIO

Cuando Jacob estuvo solo, luchó contra un ángel hasta que rayaba el alba. Cuando el ángel vio que no podía con él, tocó en el sitio del encaje del muslo, y se descoyuntó el muslo de Jacob, mientras con él luchaba. Y dijo el ángel: déjame pues ya raya el alba. Y Jacob le respondió: no te dejaré si no me bendices... El ángel lo bendijo allí y Jacob llamó a ese lugar Peniel que significa: Vi a Dios cara a cara y fue liberada mi alma.

Génesis 24-30

El pálido cuerpo de la mujer muerta fue descendiendo pausadamente en la oscuridad del océano. Las corrientes submarinas lo ayudaron a deslizarse con la cabellera extendida como un halo. La ropa se hizo jirones descubriendo su desnudez. Flotaba con suavidad, como dentro de un vientre materno.

En el camino, su carne sirvió de alimento a una mancha de peces luna que con sus pequeños mordiscos hicieron danzar el cadáver. Dos o tres barracudas arrancaron los pedazos más grandes. El cuerpo se dejaba hacer, impasible, entregándose como una amante generosa.

El tránsito lo llevó a través de una cascada de medusas, una cordillera de arrecifes sembrados de rosas verdes e intermitentes, muy cerca de las cuevas donde los pulpos parecían sombras y los calamares, al sentir su cercanía, infestaban la oscuridad de las aguas con más oscuridad.

Fue cayendo lentamente, sin prisa, al fondo del abismo donde reposó tres días, acompañado de criaturas desconocidas y fosforescentes. Luego reemprendió su viaje sin destino.

En un recodo sin corrientes, el cadáver cayó a la blanca arena, donde encalló, recibiendo las agujas de luz que llegaban desde la superficie, con entera calma. Cuando las corrientes meridionales la volvieron a alcanzar, era sólo un esqueleto de la más pulida blancura.

Esa noche, Sayda se lanzó a la playa en busca de caracoles para echar la suerte. Tenía que buscar bien, pues no todo caracol era bueno para la faena: no podían estar quebrados, desteñidos o tener esas pequeñas marcas, que según decían los pescadores, eran de mal augurio, pues anunciaban escasez en la pesca.

La luna llena iluminaba la playa alargando las sombras. No tendría problemas para adivinar su camino en la tenue penumbra. Ella era una mujer de la noche.

Mujer de la noche, sí, pero no como las de Port du Marquis donde, hechas unos bagazos, vagan por las calles sucias, envueltas en la oscuridad de su miseria, buscando a los clientes tardíos. Mujer de la noche como las antiguas hechiceras de Tantsouci. Yerberas y sanadoras, puente entre la vida y la muerte, mediadoras entre los pobres y los dioses. Se revolvía en ella esa sangre, aunque su magia no se hubiera aún manifestado.

La gente de su aldea no le tenía respeto. La insultaban diciéndole negra sucia, negra bruja, o simplemente transera. Ciertamente algo de razón había en la común iracundia que la perseguía. Había inventado no pocos hechizos fraudulentos, algunos de los santos que invocaba eran creaciones de su propia imaginación, simples recursos para cuando ya no sabía qué hacer con tantas penalidades, tantas quejas, tantos amores traicioneros, con los que la abrumaban sus clientes.

Nunca había hecho las cosas con maldad, pero ante tanta pena, alguna respuesta tenía que dar: llévese estas hierbitas de fuensanta, le van a curar los riñones, o pongámosle velas rosa con tres cruces a San Pasmonio, para que ese hombre recupere los sesos y vuelva. Sahumerios de incienso malva, oraciones de gran poder como las del Gran Juez o las de San Trastorno. Nada del otro mundo, pero la gente era mala y no podían comprender la generosidad con la que los engañaba, la piedad con la que les mentía. ¿Qué culpa tenía ella de la inutilidad de sus recetarios? ¿Qué culpa tenía ella de haber nacido en un pueblo de pescadores pobres del que nadie se acordaba? ¿Qué culpa tenía ella de los males que les abundaban?

Iba cavilando en sus preocupaciones, cuando tropezó con un amasijo blanco que la hizo caer. Se acercó para adivinar qué era y cuando tocó aquel montón, no lo podía creer: eran huesos. Al intentar agarrar uno, se dio cuenta de que no eran solamente huesos, sino un esqueleto. Por los pequeños dedos de las manos, supo, sin que nadie se lo dijera, que era de mujer.

Sayda no era ninguna tonta y pensó de inmediato que el esqueleto le había sido enviado con algún propósito. Sabía por conocimiento ancestral que los huesos limpios de carroña no están ya atados a la muerte, sino que son vida cristalizada y, por tanto poderosas fuentes de energía, igual que las piedras calcinadas por el rayo o las plantas que comen la luz del sol. ¿Y si el esqueleto hubiese llegado para que ella pudiera al fin cumplir con su malograda labor de hechicera? Pensó en Erzulie, la diosa madre, y se convenció que se trataba de un obsequio suyo. Al fin y al cabo, siempre había sido su favorita.

Los obsequios de las deidades nunca son gratuitos y llevan atadas graves cargas. El pensamiento le dio escalofríos. También sabía que rehusarlo sería funesto. No había más opción: aceptarlo y, luego, traer una ofrenda por el don recibido.

Acomodó como pudo el pesado esqueleto en la red donde antes había cargado sus alpargatas, y se lo llevó a su choza, mientras se hacía mil elucubraciones sobre cómo debería ofrendar a la diosa.

Al llegar, lo dejó en el suelo. Le dio lástima verlo tirado, desarticulado y ridículo, con la rodilla metida entre las costillas y la cabeza saliendo bajo los brazos contorsionados. Sin dudarlo, envolvió el esqueleto en su única sábana. Con delicadeza hizo una almohada con un saco de yute y lo acostó a su lado. Hacía mucho tiempo que no tenía a nadie en su cama y esta noche, Sayda se sentía solitaria.

Cerró los ojos, abrazó al esqueleto y una inmensa pena le anudó la garganta. Pensó por primera vez en la mujer que había poseído estos huesos, sintió como si hubiera sido carne de su carne. Le nació besar la frente blanca y dura. Duerme, hermana, le dijo, sin duda ha sido largo tu viaje.

A la mañana siguiente, ni bien había amanecido, Martinette, su vecina, entró de improviso. Sayda todavía estaba dormida y la interrupción de un sueño profundo, donde volaba como un pájaro en llamas, la hizo responder malhumorada.

–¡Sayda, por Dios! ¿Qué te pasa? Dejate de malcriadeces, negra, y venite a mi casa. Mi niño se ahoga. Ya casi no puede respirar.

Súbitamente muy despierta, Sayda no sabía qué hacer. Empezó a temblar como siempre que la requerían para estas emergencias. A ella la asustaba como a nadie la muerte.

Al levantarse Sayda, Martinette vio la calavera entre la cama y pegó un grito. Para calmarla y no entrar en mayores explicaciones, ella le dijo:

–No te asustes, son sólo huesos. Ayer el mar me entregó el esqueleto para las sanaciones.

Sayda conocía los viejos rituales de sus ancestros. También sabía que algunos no eran ya bien vistos. El mundo moderno tenía sus resquemores contra la sangre y otros fluidos internos. Miedo a la muerte y a sus despojos. Por eso, le tomó trabajo hacer lo que debía. Venciendo sus pudores, tomó del esqueleto, disculpándose, uno de los pequeños huesos del pie y lo metió entre sus senos.

Llegó al lugar donde yacía el niño y no pudo sino estremecerse. Estaba morado. Frente a los azorados parientes que lo rodeaban, molió con una piedra el hueso y lo mezcló con agua salada.

El niño se negaba a tomar el brebaje. Entonces Sayda le contó que tenía revuelto polvo de hueso del pie de un ángel. A pesar de la fiebre el niño abrió los ojos con sorpresa y tomó la pócima con reverencia. Pasados unos minutos, vomitó gruesas flemas verdes. Al rato podía respirar sin problema y aun cuando la fiebre persistió todo el día, al llegar la noche estaba curado.

Al despertar del estupor febril, el niño insistía en preguntar quién era el ángel que lo había sanado. Para que se tranquilizara, Martinette le inventó una bella historia: El ángel era *la nue belle* (desnuda bella) que había salido del mar bajo la luna llena.

Pronto se corrió la noticia por el pueblo: *la nouvelle* (la nueva), había llegado del mar. La historia fue cambiando y agrandándose hasta que todos hablaban de *la reine nouvelle*, una diosa nueva que había llegado para sanarlos. Los viejos dioses estaban gastados por siglos de infortunio, así que la llegada de una diosa renovada fue recibida con entusiasmo por los bien intencionados y con ira por aquéllos a quienes los malos tiempos habían beneficiado.

Al volver a su casa, Sayda descolgó algunas de las muchas cosas que ocupaban sitio en la pared: mazos de ajos, flores de mirra secas, cruces derechas, cruces invertidas, rosarios, santos de cabeza. Con unos lazos acomodó entre todos los clavos el esqueleto que quedó colgado refulgiendo de blancura en la tiznada pared. Al terminarlo de colocar, le asustó verlo, pues parecía un ángel de verdad. Espantada, se persignó.

Esa misma noche Sayda llevó la palangana de flemas, muestra de la primera sanación y un ramo de azahares a la orilla del mar. Puso ambas cosas entre la espuma de una pequeña ola, dando gracias a Erzulie por haber escuchado sus plegarias. Siempre había suplicado que le fuera concedido el poder de las mujeres de la noche.

Al regresar se sorprendió al ver la aglomeración que ennegrecía la entrada de su choza. Los vecinos descontentos con los acontecimientos recientes, se agolpaban iracundos. Las mujeres la insultaban, los hombres tenían brasas en los ojos. El reflejo de las antorchas transformaba los rostros sudados en terribles máscaras. ¡Asesina!, le gritó el viudo Bayaná cuando pasó cerca de él y fue el primero que la empujó. ¡Embustera!, reiteró Christophe, a quien un hechizo fallido de Sayda lo tenía resentido. Otros lo siguieron. Luego, empezaron a caerle encima golpes, escupitajos y la hubiesen matado a palos, si no interviene Mateo, el alcalde de Tantsouci.

—No podemos tomar la ley en nuestras manos, exclamó afligido, pues era su deber mantener el orden y la autoridad. "Llevémosla al tribunal para que le hagan un juicio."

Sayda no entendía nada; los golpes recibidos le nublaban la cabeza.

—¿Al tribunal?, exclamó la anciana Tatiá, con su voz chillona. Nunca hemos obtenido justicia del tribunal. Esta mujer tiene en su casa un esqueleto. No sabemos a quién ha matado. Nosotros la enjuiciaremos: debemos quemarla y enterrar sus cenizas. Haremos justicia para nosotros mismos.

Los tambores empezaron a tronar. Las mujeres mecían los hombros con un ritmo incitador.

—Están equivocados, están equivocados…, repetía Sayda y nadie la escuchaba. —El esqueleto llegó del mar…, es un regalo… es una señal.

Como un ejército de hormigas, los hombres

y las mujeres enardecidos por los tambores arrastraron a Sayda hasta un sitio baldío. La rociaron con gasolina y en pocos minutos las llamas hacían arder el cuerpo de la bruja.

Sayda sintió el puñal del fuego cerca de su piel. Una de sus lenguas le atravesó el ojo y el dolor punzante la lanzó a la inconsciencia. Se vio como en el sueño que había tenido esa mañana: hecha un pájaro en llamas. Otras partes del cuerpo de la negra eran lamidas con voracidad, haciendo elevarse un olor pestilente sobre el sitio. Tibias lágrimas rodaban por su rostro, que ya no sentía nada. Sobre la percusión de los tambores, las voces aullaban cantos salvajes.

Fue entonces que los primeros truenos parecieron romperse sobre las montañas. Un estremecimiento hizo temblar las voces de los cantadores. Las gotas de la lluvia empezaron a caer. Primero distantes y breves, luego gruesas y cerradas. Se desató una terrible tormenta. Fue tan estrepitosa la lluvia que todos hubieron de dispersarse. Las llamas se ahogaron liberando a Sayda, aún viva.

Cuando amainó la tormenta, uno a uno llegaron los habitantes del pueblo. En el mundo de Tantsouci nada sucede por casualidad. La súbita precipitación de la lluvia confirmaba lo dicho por Sayda. El esqueleto era un regalo de Erzulie y eso solamente significaba una cosa: la voluntad de los Loas estaba con ella. Ni aun los más maliciosos se atrevieron a desafiarlos.

Sayda agonizó por largos días. Su cuerpo era una masa abierta y dolorosa. El delirio se apoderó de su conciencia. Entre brumas, veía a la otra Sayda, buena y sana, su propio yo, huir del tormento de su carne. ¡Sayda, no te vayas! ¡Regresa!, gritaba a media noche, asustando a la anciana Tatiá que, arrepentida de su anterior violencia, la cuidaba junto a las otras mujeres. Despavoridas, salían todas al patio a ensartar clavos en cruz al limonero para apaciguar a la yegua de la noche, mensajera de la muerte. En la madrugada, desveladas y confusas, desaguaban el piso con cáscaras de limón y restos de tabaco para limpiar el ambiente de las amenazantes oscuridades.

Cuando la fiebre se intensificó, Sayda cayó en un estupor inerte. Bajó al reino de las sombras, el lugar donde la noche existe. El viejo Legba la recibió: la encrucijada entre los dos mundos estaba frente a ella.

Bondye, sentado en su trono y, a su lado, Papa Ghede, con su máscara de dios de la muerte, le extendía los brazos, llamándola por su nombre.

Sayda iba de mano de su *gros-bon-ange*, que la presentó ante Bondye. La voz del Dios se hizo escuchar: ¿Quieres quedarte?, preguntó. Ella no supo qué responder, pues había mucha confusión en su cabeza. Había olvidado cuál era su destino en la tierra. Sin duda, su vida no merecía ser salvada.

Se acercó al dulce abrazo de Papa Ghede,

con su máscara de muerte, de cuya dulzura nadie desea escapar. Justamente antes de tocar al magno dios, Sayda vio entre brumas, el esqueleto de la *nue belle*. Llegó a su memoria como un distante viajero que aparece con una ofrenda. Recordó entonces su deseo más ardiente: ser sanadora. Recordó también que nada sucede sin la intervención de los dioses. El esqueleto había llegado como un designio, era una señal. Su destino estaba claro.

Con una voz que no se parecía a la de siempre, Sayda respondió a Bondye:

—Ahora recuerdo... Debo volver... —Todos se percataron de que en su entusiasmo, el pie de Sayda había traspasado sin querer los límites del mundo de los vivos, pisando el territorio de los muertos.

—¡No podrás regresar ahora!, dijo su *gros-bon-ange* con angustia en el rostro. Bondye movió su gran cabeza con desmayo ante las tonterías que cometen siempre los mortales, y luego volteó el rostro hacia Papa Ghede: en sus manos estaba el juicio de esta situación. Al ver su indecisión, los labios de Sayda se contrajeron en una mueca de disgusto y dijo al dios con tono altivo:

—Mi pueblo no tiene quien lo sane. Yo podría hacerlo... yo deseo hacerlo.

El dios seguía callado y pensativo. Finalmente, se movió. Habló con parsimonia:

—¿Sabes lo que estás pidiendo, insensata? Parece que no comprendes lo que implica. Penetrar en los secretos de la sanación significa estar poseída por un dios o por un demonio. Alto el precio y poca la recompensa.

El dios iba a continuar con su discurso, pero Sayda lo interrumpió:

—Bien se nota que nunca has sido humano: no tener destino es lo mismo que estar perdido en medio un tiempo infinito que nunca acaba.

El rostro de Papa Ghede se conmovió:

—Un detalle del azar ha venido en tu auxilio: has cruzado el umbral de la muerte. Rota esa distancia, regresarás con un pie dentro del reino de la oscuridad. Se abre una posibilidad, una pequeña posibilidad para tus anhelos...

El miedo la sacudió. Le dio la espalda a Papa Ghede, miró a Bondye y con entereza dijo:

—No me llevaré la oscuridad de este lugar, sin una bendición que abra mi camino. El Dios a quien abrumaban los constantes clamores (¿por qué le habría tocado un pueblo codicioso de bendiciones?), dudó. El tiempo se escurría y todos estaban inquietos.

Las mujeres alistaban los preparativos para el entierro y habían dejado de prestar atención al cuerpo tendido. Entre las sábanas sudadas, Sayda se movió levemente. Entreabrió un ojo: lo primero que vio fue el esqueleto colgado en la pared e intentó una sonrisa.

—*Reine nouvelle*... Susurró con una voz destemplada y las mujeres atareadas en las exequias fúnebres, se sorprendieron de que estuviera viva. No sabiendo que otra cosa hacer, corrieron a poner una vela al esqueleto.

Sayda sanó. En su cara desfigurada, se había

cerrado para siempre el ojo izquierdo. La curandera contaba siempre, entre carcajadas, que fue allí donde Bondye puso su dedo ardiente para bendecirla.

XXI
El Mundo

Has emprendido el camino de los deseos y ese camino nunca es recto. Has dado un gran rodeo, pero era tu camino. ¿Y sabes por qué? Porque eres una de esas personas que sólo regresan cuando han encontrado la fuente de la cual procede el agua de la vida. Y es el lugar más secreto de Fantasía. No existen allí senderos simples... todos los caminos que conducen a ese lugar son, en definitiva, correctos.

Michael Ende,
La historia interminable

Espíritu de la luz, madre de mi inspiración, ayúdame a bailar mi vida con devoción.

Margarita Azurdia

La trompeta trazó en el aire un camino sinuoso como el de una serpiente. Luego empezaron los otros instrumentos a interrumpir la tarde: la flauta traversa, los saxofones y toda la batería de percusión. El ensayo empezaba con retraso. La lluvia se había dejado caer inesperadamente en el Barrio de Santa Teresa.

—Maracujá.

—Abacaxi.

—Melanciá.

—E um limao.

—Maracujabacaximelanciaeumlimao... misturado con cachaca fica muito bon.

Las voces de la gente que se reunía alrededor del grupo empezaban a marcar el ritmo terreno, aterciopelado, maravillosamente sugestivo de la canción que la orquesta estrenaría en el carnaval.

Marlene escuchaba los sonidos que llegaban de la calle. La música la llamaba y ella sentía que ya no podía esperar más para bajar. Se acercó despacio a la ventana. Ludmilla, la chica del cuarto de enfrente, aún dormía. La necesitaba para bajar las gradas. Sus piernas gravemente afectadas por las várices apenas la sostenían.

Los morros de la ciudad de Río salían aquí y allá, entre las casas. También se divisaba el mar. Como todas las tardes de domingo, Marlene se sentaba frente a la ventana y dejaba su mente divagar. Muchas parejas subían a Santa Teresa desde los barrios opulentos de Río Sul los domingos. Caminaban entre risas hasta los restaurantes de la colina. Al final de la tarde, montarían el trencito, una curiosidad de principios del siglo veinte, que los llevaría hasta la catedral y el centro de la ciudad, donde aprovecharían quizá para ir al cine.

Esta tarde no podía sentarse a observarlos con la parsimonia de siempre. La impaciencia por unirse a quienes danzaban, no dejaba que sus pensamientos se deshilvanaran con suavidad, rodando sobre las cabezas de los paseantes. Las imágenes de los recuerdos se le venían recortadas, interrumpidas por sus constantes viajes a la otra ventana, donde con discreción corría la cortina para husmear al cuarto de Ludmilla y ver si dormía todavía en brazos del mulato Claudio.

Siempre cruzaban por su cabeza pensamientos viejos. Pero nunca había recordado, como hoy, al Mago, un camionero que conoció en Hungría hacía tantos años. El recuerdo era clarísimo y la hizo sonreír. El curioso apodo tenía que ver con su fama de hacer bailar hasta a una escoba. Nunca supo si su presencia esa noche en el Babylon había sido una ilusión de su mente. En esos días la confusión dominaba su cabeza. Marlene sobó con su mano su pecho, queriendo consolarse tardíamente de aquellos días en que todo dolía tanto.

En todo caso, aquella noche se había encontrado en un salón, bailando sola en medio de un grupo de gente que se burlaba de ella. Todos le aseguraban que el Mago nunca había estado allí. Asunto extraño ese… Ella había bailado con él. ¡Cuánto sufrió por ese incidente ridículo! La sonrisa afloró a sus labios. Sufrir por eso…, dijo en voz alta y pensó dos cosas: que a veces la memoria trae recuerdos de cosas insignificantes y que esa mujer frágil y asustadiza, que alguna vez fue, ya no existía.

La silueta del cuerpo de Ludmilla se recortó perfectamente a través de la ventana: sus pequeños senos y el indomable cabello que incendiaba su cabeza de medusa. Se había levantado. La joven captó la presencia de la anciana espiándola, tras las cortinas. Lejos de molestarse, abrió la ventana. Sin pudor sacó el torso descubierto y la saludó con un gesto amable.

–Ya sé, ya sé abuela. Hoy es el ensayo del bloco. Espérame, no tardo.

Marlene, más tranquila, se sentó a esperar y ahora la imagen que asaltó su conciencia fue la de una calurosa tarde, recién llegada a Río. Estaba en la playa de Ipanema al atardecer. Había sido un día brumoso, y había vagado sin sentido todo el día. La tarde se había despejado súbitamente y ella estaba cansada. Se sentía muy extraña en este país tan singular. No hablaba portugués y su piel era tan blanca que daba vergüenza ponerla cerca de las pieles morenas, extendidas sobre los bellos cuerpos voluptuosos. Su soledad y la sensación de estar perdida, estaban a punto de hacerla llorar.

Cuando el sol iba a caer, la multitud que estaba en la playa se fue levantando lentamente. En el preciso momento en que el sol entraba al mar, todos aplaudieron. Hasta mañana, hasta mañana, decían emocionados.

Marlene sólo observaba, pero la multitud parecía invitarla a unirse y al poco rato, ella también aplaudía y gritaba con los otros, celebrando el regalo del sol. Las lágrimas corrieron por su rostro, con una extraña confusión. Nunca había llorado de alegría. Desde que había llegado, las emociones la embargaban con todos sus matices y ella terminó por atribuirlo al verde tropical e invasor de la vegetación, insólita para una muchacha europea. Ese día supo con certeza que había llegado a Brasil para quedarse.

Ludmilla ya no se divisa por la ventana. Seguramente estaría en la ducha. Le toma una eternidad arreglarse, pero luego se mira tan hermosa: su piel lustrosa, su cuerpo neumático, ese andar que lanza una *ginga* a cada paso y la melena que se le incendia en la cabeza como las copas de los baobabs espléndidos que dan sombra al barrio.

Las paredes del apartamento mustio de su madre le devuelven una sensación de angustia ya casi borrada. Los recuerdos de ese lugar llegaron repentinamente y querían instalarse de nuevo en su memoria. Marlene sacudió la cabeza para olvidar la imagen. Hice bien en venderlo, se dijo, nada bueno podía haber salido de ese hoyo antiguo. Se había desecho de él por rebeldía. Su madre era como una enorme carga a quien, aún después de muerta, sentía clavada sobre la nuca, ordenando qué hacer, a dónde ir y, lo peor de todo: cómo ver y sentir el mundo.

La vieja se rió a carcajadas. Buena jugada le había hecho. A ella que se preciaba de trazar su linaje hasta la realeza austrohúngara. El apartamento era una herencia entrañable de la familia y en su lecho de muerte le había arrancado la promesa de nunca permitir que cayera en manos ajenas. Romper esa promesa había sido el inicio de su propio camino en la vida y nunca se arrepentiría de ello.

La orquesta toca otra pieza. Ensayan una extraña música que le hace pensar en cojines de seda, tirados sobre una alfombra persa en un jardín oriental. Una boa baila en su cabeza con la magia de un encantador. A Marlene le fascina la sensación de misterio que le desata. La hace soñar. Cierra los ojos y puede mirar su cuerpo moviéndose con vida propia, joven y hermoso, lejos de ella, frente a la ventana.

Ludmilla está sentada sobre su cama. ¿Se estará cortando las uñas? ¡Por Dios! La música llama. Vamos, Ludmilla, apresúrate, susurra entre dientes.

Brasil fue la primera decisión impetuosa que tomó Marlene en su vida. La primera de muchas. Seguir sus deseos había sido una ardua conquista. Le habían enseñado a dejarse guiar por el temor y la obediencia. Una pesada estructura con sabor a prisión. Brasil, como todo riesgo que se asume, trajo alegrías y penas.

El dinero del apartamento de su madre con el cual contaba para sostenerse, le fue estafado por el primer hombre que conoció. Mauro era hermoso y bien educado. La envolvió con sus aires de aristocracia y sus costumbres de *playboy*. El tipo robó el dinero y se fue de viaje con otra por la costa sur de Francia. Cuando regresó, la buscó suplicando perdón. La cólera volvió a ensombrecer su rostro. Cara de palo, cara de palo, repitió queriendo exorcizar esa presencia. En el fondo, ella sabía la verdad: todo había acontecido por su propia culpa y por ello la cólera sería para siempre incurable. Fue ella quien no pudo nunca negarse al impulso que la empujaba al cuerpo de ese hombre. Un cuerpo lleno de cielo.

Él la tomaba y la dejaba a su antojo. Fue su época más oscura. No podía reaccionar. No podía salvarse. Debió sufrir sus abusos, condescendiente como un perro. Fue su descenso al infierno.

Marlene volvió a sentarse. Su mirada vacía se clavó en el suelo. Estaba de nuevo sumida en él. Lo recordaba distinto de aquel sitio flameante que narran los mitos. Con la piel erizada regresó a ese largo viaje por un túnel donde no se veía nada. Descendió a unas aguas oscuras, con la cabeza llena de ideas confusas que no podían ponerse en palabras. Un desierto vasto e insondable. No había nada de qué agarrarse. Nada, excepto una roja flor que entonces se le presentaba en sueños y que a pesar de sus ruegos, callaba deslumbrando con la promesa de su color fulgurante.

Marlene se levanta queriendo apartar de su ánimo de la pesadilla. Toma una manzana de la cocina. El brillo de un cuchillo le regresa su peor recuerdo. Todavía hoy no podía creerlo: había querido matar al hombre que tanto había amado.

Acaricia el cuchillo y recuerda cómo entró sin dificultad en el cuerpo de su amante. Su carne se abría como mantequilla. No olvidaría nunca esa sensación. Jamás creyó que fuera tan fácil. Deseaba verlo morir. De eso tenía certeza.

No sabía cómo ni por qué se había transformado en ese monstruo despreciable ante sus propios ojos. Un ser rabioso y ciego. Fue ese extraño ser dentro de sí misma, el que encontró la única forma de exorcizar al diablo que la poseía: un amor desmedido. Pasó varios años en prisión. Los vejámenes que sufrió eran ya sólo un vacío en su memoria.

Cualquiera pensaría que todo aquello había sido una desgracia. Algunos inclusive lo considerarían irreparable. Pero Marlene se consideraba una persona común y corriente. A las personas comunes y corrientes las desgracias llegan siempre acompañadas de una persistencia por seguir vivas.

Ella garabateó una frase, jugueteando con un bolígrafo, intentando no desesperarse por la demora de Ludmilla. Una vida que no gira alrededor de ninguna seguridad. Subrayó la frase. Cuando vuelva a nacer, se dijo, quiero venir al mundo con esa clara convicción. Fue la lección más difícil de aprender.

Llegó otra vez a la conclusión de que si no hubiese caído en la miseria, si no hubiese tenido que encontrar abrigo en la parte "favelada" de Santa Teresa, jamás hubiera conocido a Chico y ahora sí la boca se le abrió de par en par, con una sonrisa enorme.

Ese negro le había hecho la vida feliz. Era muy simple, sin ninguna educación, pero la hacía reír. La felicidad te salía de las tripas, Chico, de eso no cabe duda, dijo en voz alta, segura que él la podía escuchar.

Se acomodó en el sillón frente a la ventana para entregarse a sus recuerdos favoritos. Fue en una feria de artesanías donde lo conoció. Tallaba figuras en madera. Venciendo su timidez, le pidió que le enseñara el oficio, pues quería aprender a trabajar con sus manos. Nunca volvería a su trabajo como asistente legal. Acababa de salir de la cárcel y ya no estaba dispuesta a ceder un minuto más de su vida a ninguna clase de insatisfacción.

Chico le había enseñado lo más importante: a ver la figura en la pieza sin trabajar. Está allí, esperando a ser descubierta, le había explicado. Con la paz de hacer cada día cosas sencillas que la hacían feliz, Marlene pudo por fin liberarse de sus propias tiranías.

A Chico le gustaba bailar *forró* muy pegado y luego comer un buen plato de chicharrones con varios litros de cerveza. El sábado cerraban a mediodía el puesto en el mercado hippie de la calle Pirajá y se iban juntos a la feria nordestina. Marlene era una tabla tiesa a quien le molestaba el sudor y bailar bajo la lluvia que con frecuencia azotaba las tardes. Entonces Chico la dejaba sentada frente a un vaso de dulce *azahí* y presuroso regresaba a la pista. Ella veía cómo se juntaba al cuerpo de alguna mujer de las que rondaban buscando pareja, con el vestido mojado pegado a la piel y el cabello colgando en la cara. Esas sí que podían abandonarse sin remilgos a los brazos del negro. ¡Y cómo gozaban! Marlene espiaba con frustración los rostros llenos de placer y los cuerpos cómplices, abstraídos del mundo.

Pero una tarde, se rehusó a permanecer sentada comiendo con disgusto el *azahí*. Se fue dejando llevar... se fue dejando... hasta que la seda del cuerpo de Chico logró que pudiera hacer lo que siempre había soñado: bailar, como las otras, gozosa y sin reparos. Entonces sucedió: esas tardes lluviosas, apretados uno al otro, danzando *forró,* abrieron su abandono. Marlene sintió por primera vez un amor humano tocarla, no solamente fuera, sobre la piel, sino dentro, en espacios remotos que creyó cercenados e irrecuperables.

Fueron muchos años los que vivieron juntos. Vendían sus mercancías en las playas o en las ferias. Sus pequeñas obras también tuvieron que ser sus hijos, pues Marlene nunca pudo quedar embarazada. Mejor así, dijo en voz alta, pues tenía clara conciencia de que eso le permitió amar a muchos desconocidos. El amor se convirtió en algo que dispensaba sin preguntarse a quién, como una corriente que dejaba pasar sencillamente a través de sí. Con el tiempo, cada rostro era entrañable.

La pierna izquierda le dio un punzón que la hizo salir de sus ensueños. Le recordó lo grave que estaba según los doctores. Pero no necesitaba a los doctores. Sin que nadie se lo dijera, ella sabía que era vieja y que pronto moriría. Ante eso, no había nada que decir. Ante eso, el silencio se apoderaba de su cabeza.

Es la música lo que la hace regresar a la ventana, como un impulso insistente. Songorocosongo... Las voces se entusiasman cada vez más. Chico ayudaba siempre a organizar el *bloco* para carnaval. El placer que le daba era contagioso. Trabajábamos en eso como si fuera la cosa más importante del mundo, sonrió con ternura.

Ludmilla toca a la puerta.

—Es hora, abuela. Vamos, ya. Sé que los pies le pican por bailar.

Marlene dio por terminadas sus elucubraciones de esta tarde de domingo y cerró la puerta. Sabe que el próximo volverá a repasar su vida, alisando las arrugas, como cuando se prepara un traje para tenerlo presentable.

El ensayo está en pleno apogeo. La orquesta llega a su punto más caliente, así como los danzantes que forman una gran aglomeración que cierra la calle. La anciana se acerca y todos le abren espacio. La respetan mucho en el barrio. A su paso, todos piensan lo mismo: hoy se mira especialmente frágil y enferma.

Marlene entra al círculo que le han abierto los danzantes y sin pensarlo dos veces, se pone a sambear con entera confianza. Es duro para sus piernas, duele tanto, pero ¿no cuesta trabajo todo aquello que deseamos?

Entre la multitud Marlene divisa a alguien que conoce desde siempre. Por un momento la sorpresa la embarga, ella duda, pero, sí... es El

Mago. La mira con esa sonrisa suya de antaño que ahora recuerda tan bien. ¿Cómo habrá podido encontrarla? El día que él desapareció, se había sentido perdida. Lo invita con un gesto de su mano a bailar con ella. Esta vez, se promete, no dudará en subir con él al dorado escenario.

Beleza, beleza, corean los presentes, cuando miran venir a Marlene deslumbrante en los brazos de El Mago. La tarde tiene sabor a mandarina y ella siente revolotear su corazón. Su cara se llena de éxtasis. Baila el eterno rito que abre las puertas del mundo. Ella atraviesa el umbral y entra de lleno al eterno fluir de la vida.

El discurso del loco

Ahora está en el mundo, una vez más, vacío, desnudo y sin conocimientos. Pero no siente pena por ello, no. Siente un gran deseo de reír, de reír de sí mismo ¡y de este extraño y loco mundo!

Herman Hesse, *Siddhartha*

Quiero decirles que desde hace un tiempo para acá no ha quedado piedra sobre piedra. Los actos atropellados de mi existencia desataron todas las tormentas posibles y me quedé parado bajo los aguaceros con una pobre sombrilla rosada.

Me dieron espacio para hablar y hablé. Hablé todos los días, y con cansancio, de mi pequeña historia trillada que se desarmaba cada día: hoy una ventana perdía una tuerca, mañana un pedazo de techo volaba por los aires. Así cayeron las puertas, las paredes y hasta el inodoro se encontró con un martillo que lo descalabró de un buen trancazo.

Sin casa y sin discurso, me expuse a los vientos que arrastraban desiertos de arena. Comparecí frente a mi sed, en severa audiencia a suplicar con labios flameantes una gota de agua. Vi cómo siglos de historia se dilataban y derrumbaban frente a mis pies con todos sus monumentos y sus ritos. No tuve pena de ninguno de ellos y en mis sueños los destrozaba con saña.

Bebí de ríos amargos cargados de algas que me sofocaron. Y quizá un día de aquéllos, una brillante pastilla blanca cruzó mi garganta para encontrarse con el bandoneón de mis nervios que silbó una letra de tango olorosa a pasiones clandestinas y aguardiente.

Creí en algunas sábanas blancas tendidas sobre muebles raídos y dejé que, como fantasmas, poblaran mis fantasías... Luego vi cómo estos señores de reinos infames eran destronados y salían por la puerta de la cocina.

Cuánto amé toda esa orquesta de ruidos profundos y roncos, de violines llorones, de guitarras nocturnas y dulzonas, de trompetas punzantes que me puso a bailar descalzo sobre tizones en una fogata de gitanos.

Cuánto sentido intenté construir alrededor de todos mis afanes. Amé, por sobre todas las cosas, el diseño de mi vida que imaginé hecho de eternidad, para luego verlo desmoronarse y quedar desarmado como un puñado de arena. Mientras lloraba con nostalgia por tanta destrucción, no podía escuchar el crujir con el que se abrían las alas de mi libertad desconocida.

Señores y señoras, estoy aquí ante ustedes para revelarles un atisbo de verdad, antes de reiniciar mi eterno viaje: todo esto es un sueño de embriaguez, una pantomima, un tinglado, con su millón de marionetas de cachetes colorados y pelo de lana.

Estoy frente a ustedes para contarles lo incontable. Convencerlos de que, al final, cada minúscula partícula del todo importa y luego afirmar que absolutamente nada importa.

ÍNDICE

See you soon
See you Soon

El discurso del loco. Cuentos del Tarot. *Carol Zardetto.* Se terminó de imprimir en abril de 2009, año del décimo aniversario de la publicación de *Guatemala, memoria del silencio*, informe de la Comisión para el Esclarecimiento Histórico de las Violaciones a los Derechos Humanos y los Hechos de Violencia que han Causado Sufrimientos a la Población Guatemalteca. F&G Editores, 31 avenida "C" 5-54 zona 7, Colonia Centroamérica, 01007. Guatemala, Guatemala, C.A. Telefax: (502) 2439 8358 Tel.: (502) 5406 0909 informacion@fygeditores.com – www.fygeditores.com